LA OTRA CARA DE ODILE
El huracán más destructor en la historia de la red eléctrica

Felipe Vargas

La otra cara de Odile
de Felipe Vargas Arellano

felipevartj@gmail.com
Primera edición: octubre 2025

Queda prohibida sin autorización escrita del titular, bajo las sanciones establecidas por las leyes, la reproducción total o parcial de esta obra por cualquier medio o procedimiento, comprendidos la reprografía, el tratamiento informático, así como la distribución de ejemplares de esta, mediante alquiler o préstamo público.
Obra con registro de autor.

LA OTRA CARA DE ODILE
El huracán más destructor en la historia de la red eléctrica

Felipe Vargas

y♥publico

*A mi esposa, compañera incansable quien
estuvo a mi lado en las dos tormentas que
marcaron parte de mi vida: Odile
y la partida de mi padre.*

A mi hijo, por ser mi mayor orgullo y esperanza.

*A mi madre por sus incansables rezos
que cuidaron de mi equipo y de mí,
en la contingencia.*

A mis hermanas, por su amor incondicional.

*Y a mi padre, cuya ausencia aún resuena
en cada paso de este camino.*

Agradecimientos

Mi gratitud más profunda a todas las compañeras y compañeros, a los linieros, ayudantes, electricistas, secretarias, mozos, operadores, sobrestantes, ingenieros, contadores y administradores que, mano a mano y hombro con hombro, enfrentaron la contingencia de Odile con valentía, compromiso y entrega inquebrantable.

A la doctora Michelle Necoechea Herrera, por inspirar el nombre de esta obra y sembrar la semilla de lo que hoy se convierte en testimonio: *La otra cara de Odile*.

Al Licenciado Marco Antonio Verdugo Ortiz, por su asesoramiento legal.

A las voces que enriquecieron estas páginas con sus recuerdos y vivencias: Sergio Fierro, Javier Ulises Meza Páez, Óscar Ortega Alba, Juan José Legy Tong, Juan Carlos Butterfield Velázquez, Víctor Daniel Olea Bugarín, Antonio Parma Presichi, Román Medel Mosqueda, Arturo Alejandro Núñez Dórame, y Manuel Romero Castellanos.

A todos ustedes, mil gracias.

Nota al lector

Esta obra está basada en experiencias reales vividas durante la contingencia por el huracán Odile en el año 2014. Como trabajador operativo de la Comisión Federal de Electricidad (CFE) con más de 19 años de servicio en ese momento.

Las situaciones descritas reflejan mi visión personal y el esfuerzo colectivo de quienes enfrentamos esa difícil situación. Las opiniones, valoraciones y reflexiones expresadas en este libro son exclusivamente mías y no representan de manera oficial a la CFE ni a ninguna otra institución pública o privada mencionada.

He tenido especial cuidado en respetar la confidencialidad de la información técnica y operativa, así como en omitir datos personales de terceros sin su autorización.

Algunos nombres, cargos o detalles identificables han sido modificados por respeto a la privacidad de las personas involucradas, procurando cuidar su identidad sin alterar el sentido ni la esencia de los acontecimientos narrados.

Mi objetivo con este relato es honrar la memoria colectiva, compartir aprendizajes y preservar la historia de un episodio que marcó profundamente a todos los que lo vivimos.

A lo largo de este libro, decidí no incluir fotografías, mapas ni diagramas. Esta elección consciente busca que las imágenes más importantes: las del miedo compartido; la determinación en los rostros; la noche interminable bajo los vientos de Odile. Definitivamente no caben en una página. Son recuerdos vivos, impresos en quienes los vivimos. Prefiero que cada lector imagine, sienta y visualice con el corazón lo que aquí se cuenta, que cada palabra evoque una escena propia y una emoción genuina. Porque, al final, las huellas más profundas no siempre se ven; se llevan dentro.

Felipe Vargas Arellano
Encargado de la Subgerencia de
Distribución de Baja California
durante la contingencia de Odile.
Jubilado como Gerente de la División
Baja California en el año 2023.

Índice

Agradecimientos	9
Nota al lector	11
Introducción	19
Capítulo I	**21**
Listos y preparados	21
Simulacro	*21*
Norbert el ensayo	*22*
El último día	*23*
La mañana siguiente	*24*
Capítulo II	**27**
La llegada del huracán	27
El pronóstico	*27*
Viernes 12 de septiembre	*29*
Presagio en silencio	*30*
El cambio de trayectoria	*31*
El poderoso	*33*
Capítulo III	**35**
La noche que cambió todo...	35
La llegada	*36*
Un amanecer desolador	*39*
El inicio del caos.	*43*

Capítulo IV 47
  El día después 47
    Sin servicios 48
    La noche más oscura 50
    Los buenos samaritanos 51
    El aeropuerto 53
    Los apoyos 55
    El apoyo que dio esperanza 57

Capítulo V 61
  Reunión de alto voltaje 61
    Las prioridades 61

Capítulo VI 73
  Aterrizaje en la oscuridad 73
    De operativo a informativo 77
    Las órdenes desde lo alto 78

Capítulo VII 83
  Amanecer sin luz 83
    Los reportes 85
    La política de la imagen 86
    Cambio de mando 88
    La planta incómoda 89
    Los informes 91
    Trabajos inagotables 92
    La llegada sin tregua 93

El reporte especial	*96*
La Luz de noche	*100*

Capitulo VIII — 103
- Más allá de la contingencia — 103
- *Pensando en la reconstrucción* — *104*

Capítulo IX — 109
- Domingo sin domingo — 109

Capítulo X — 113
- La reconstrucción — 113
  - *No más postes* — *114*
  - *El teatro* — *116*
  - *Entre la luz y la penumbra* — *117*

Capítulo XI — 119
- Medallas que no brillan — 119
  - *El maquillaje* — *119*
  - El verdadero reconocimiento — 121
  - *La supervisión* — *121*

Capítulo XII — 125
- El último reporte — 125
  - *Lunes 6 de octubre* — *127*

Capítulo XIII **131**
   El cierre 131
      Martes 7 de octubre *131*
      El regreso *133*

Capítulo XIV **135**
   Una tormenta interior 135

Epílogo **139**
   Lo que dejó el viento 139

Anexo **141**
   Las voces de la contingencia 141
   Sergio Amado Fierro 142
   Arturo Alejandro Núñez Dórame 142
   Juan José Legy Tong 143
   Oscar Ortega Alba 144
   Javier Ulises Meza Páez 145
   Juan Carlos Butterfield Velásquez 146
   Víctor Daniel Olea Bugarín 147
   Antonio Parma Presichi 148
   Román Medel Mosqueda 149
   Manuel Romero Castellanos 150

Glosario **153**

Bibliografía **157**

Lo importante de dejar huella,
es que no se borre...

Felipe Vargas Arellano

Introducción

La otra cara de Odile es un testimonio personal sobre lo que ocurre cuando un huracán de gran magnitud, como el de Odile en el año 2014, golpea no sólo la infraestructura eléctrica de un estado, sino también la estructura interna de una organización y de quienes la integran. Detrás de cada torre caída y cada línea energizada, hay historias de esfuerzo silencioso, decisiones difíciles, errores humanos y liderazgos verdaderos... y otros no tanto.

Soy ingeniero mecánico y eléctrico, durante más de dos décadas trabajé en campo, coordinando cuadrillas para la atención de emergencias por fenómenos naturales en México.

Mi experiencia inició con el huracán Juliette en 2001 y continuó con más de diez eventos similares. En Odile enfrenté la emergencia más devastadora de mi carrera, marcada además por una pérdida personal profunda: la muerte de mi padre, justo antes de partir. Aun así, debía cumplir con el deber.

Escribí este libro años después, ya con la distancia suficiente para comprender lo vivido, sin exaltaciones ni reproches.

No es un manual ni un reclamo institucional, sino una forma de dejar constancia de lo que se vive en las trincheras técnicas y humanas, cuando la prioridad es devolverles la luz a miles de familias, a pesar del caos, la presión y las decisiones verticales que a veces entorpecen más que ayudan.

Capítulo I
Listos y preparados

Simulacro

El 15 de mayo de 2014 se declaró oficialmente el inicio de la temporada de huracanes en el Pacífico. Como cada año, se organizó un gran evento en el que se simulaba la atención a una emergencia: helicópteros aterrizando con precisión milimétrica, camiones y grúas desplazándose como piezas de ajedrez, y personal con botas boleadas y uniformes impecables que ejecutaban maniobras casi coreografiadas.

Para quienes nunca habían vivido una emergencia real, aquello parece impresionante. Para nosotros, los que ya habíamos enfrentado tormentas de verdad, era algo más: una mezcla de nostalgia, respeto por el oficio y también, de orgullo silencioso. Ahí estaban los rostros de siempre, los que habían cruzado ríos, levantado postes a mano, dormido en el lodo. Cada uno sabía que tarde o temprano llegaría el verdadero huracán, y este solo era el ensayo.

El pronóstico de ese año hablaba de una temporada activa. Se esperaba la presencia del fenómeno El Niño, lo que significaba más humedad, más lluvia, más ciclones. Y aunque oficialmente eran quince los pronosticados, todos sabíamos que bastaba uno solo para cambiarlo todo.

En septiembre, el mar ya hervía. Literalmente. Las temperaturas estaban entre tres y cuatro grados por encima de lo normal, lo que indicaba que algo grande se estaba gestando.

El 2 de septiembre se formó una depresión tropical frente a las costas de Michoacán. En menos de un día evolucionó a tormenta tropical. El 3 de septiembre, se activó la primera declaratoria de emergencia. Norbert había nacido.

No era mi primer huracán, pero siempre se siente diferente. Hay una tensión en el aire, una especie de hormigueo que recorre el cuerpo. Una parte de ti desea que no pase nada. La otra, la que ha pasado años preparándose, quiere demostrar de qué estás hecho.

Norbert el ensayo

Uriel, quien acababa de asumir la responsabilidad de la gerencia, estaba visiblemente nervioso. Era su primer huracán en ese puesto. Yo sabía lo que eso significaba. Quiso enviar más personal del necesario. Le propuse una estrategia más medida. Me dio su voto de confianza.

Un equipo de 75 personas se movilizó. Salimos de Mexicali, hicimos escala en Tijuana y volamos a La Paz. Ahí nos reunimos con Protección Civil. El pronóstico indicaba que Norbert golpearía ligeramente la costa, sin tocar tierra directamente.

La atención se centró en Ciudad Constitución, donde podrían sentirse los efectos más fuertes.

Las jornadas fueron largas. Dormíamos poco, comíamos lo que podíamos. En medio del trabajo técnico, las llamadas con mi esposa eran un respiro. Ella siempre ha tenido miedo de los huracanes. Yo trato de calmarla, a veces con bromas, a veces solo escuchándola. Es algo que hacemos desde siempre. El miedo compartido también une.

El 5 de septiembre, Norbert alcanzó la categoría 2. A las tres de la mañana del día 6, ya era categoría 3. Las ráfagas golpeaban con fuerza. Me despertó un estruendo: ramas arrastradas por el viento. Me levanté, revisé el protocolo, llamé al guardia. No había novedades. Aún teníamos luz e internet.

Al final, el impacto fue menor. El Centro de Operación Estratégico (COE) se levantó y se programó el regreso. Norbert había sido fuerte, pero no devastador. Algunos lo llamaron "el ensayo general". Yo también.

El último día

Regresé a casa el domingo 7 de septiembre, agotado. Mi esposa acababa de volver de una cena con mi padre. Yo no lo vi. No tuve fuerza ni para saludar. Me fui directo a dormir. Pensé que podría verlo en la semana. No lo sabía, pero esa sería la última oportunidad.

A la mañana siguiente, el 8 de septiembre, cumplíamos 19 años de casados. Nos abrazamos, nos dijimos "feliz día", hicimos un plan sencillo para cenar más tarde. Siempre ha sido así: nunca podíamos celebrar en forma porque los huracanes no dan tregua.

Minutos después de llegar a la oficina, sonó mi teléfono. Era un número que conocía. La voz al otro lado era seca, sin pausas:
—Se fue tu papá.

Sentí que algo dentro de mí se desfondaba. El cuerpo seguía ahí, sentado frente al escritorio, pero todo lo demás se detuvo. El zumbido de las voces a mi alrededor se volvió distante, como si vinieran de otro lugar, de otra escena que ya no me pertenecía.

Pedí permiso. Uriel me miró sin palabras. Solo dijo "lo siento". Asentí, recogí mis cosas y salí.

Mi padre vivía en El Centro, California. Había que cruzar la frontera. Cuando llegamos a su casa, ya estaban ahí su esposa, sus hijos, y su nieto. Nos llevábamos bien. No hubo reclamos ni silencios incómodos. Cada uno asumió el momento cómo podía. Ellos se encargarían de los trámites. Yo solo quería estar.

No lloré. No me salió. Tal vez porque no había tenido tiempo de despedirme, o tal vez porque el cansancio me anestesiaba todo. Solo podía repetir lo mismo en mi cabeza: "debí haberlo visto... debí decirle algo".

La culpa es un ruido sordo que no se apaga. Se instala en el pecho, como si algo te apretara desde dentro.

Esa noche no dormí. No por falta de sueño, sino porque el silencio pesaba demasiado.

La mañana siguiente

Despertar ese martes fue distinto. El dolor no era físico, pero dolía. Era emocional, profundo, como si algo se hubiera quebrado por dentro y siguiera latiendo. Me levanté igual que siempre, me vestí, tomé el café de las mañanas... y salí rumbo a la oficina.

Mi esposa me miró en silencio. Me dio un beso largo, como queriendo decir más de lo que las palabras permiten. Yo le sonreí, o al menos lo intenté. No quería preocuparla. La rutina, por absurda que parezca, es a veces el único sostén en medio del derrumbe.

En el trayecto a la oficina, el radio hablaba del clima. Comentaban que se había formado un nuevo sistema frente al Pacífico. No le presté mucha atención. Había algo más fuerte ocupando mi mente, mi pecho, mis días. Pero ya en la oficina, mientras revisaba los modelos meteorológicos, me detuve. Había una trayectoria inusual, casi recta. Un trazo firme, sin titubeos, que apuntaba hacia el corazón de la península.

Esto sí viene en serio, pensé.

Algo se acerca

No era el tamaño del sistema lo que me inquietó, ni su intensidad inicial. Era su dirección. Directo. Sin desvíos. Sin la típica curva de escape que nos había librado tantas veces.

No dije nada. Cerré el navegador, tomé una libreta y comencé a anotar. Era automático. Como si el cuerpo supiera qué hacer antes que la mente lo ordenara.

"Este no es un simulacro", me dije.

Odile venía.

Y esta vez, todo– absolutamente todo– iba a ponerse a prueba.

Capítulo II
La llegada del huracán

El pronóstico

La depresión tropical 15 E se formó el 10 de septiembre de 2014, al sur de Oaxaca, con tendencia hacia la península de Baja California. El primer pronóstico señalaba que podría convertirse en huracán categoría 1 o 2. De inmediato convocamos a una reunión para ver la evolución y posible trayectoria.

Rápidamente se convirtió en tormenta tropical y fue nombrada Odile. Uriel, el gerente, me instruyó a movilizar al personal de inmediato. Le propuse esperar hasta el día siguiente para darle mantenimiento a los equipos de transporte. Titubeó, pero asintió con la cabeza.

Apenas venían llegando los apoyos terrestres del huracán Norbert y ya debían regresar. Por supuesto, pediríamos que no fueran los mismos: el cansancio pesa.

Instruí a las zonas de apoyo a preparar los listados con el nuevo personal que participaría. Tuvimos una reunión del COE

Nacional. El meteorólogo comentó que el huracán se abriría hacia el oeste, muy cerca de la península.

Llegué a casa a preparar mi maleta. En cualquier momento tendríamos que salir. Hablé con todos los superintendentes para organizar la salida al día siguiente, miércoles, de preferencia a las 6:00 a.m. El trayecto sería largo: hasta La Paz y Los Cabos.

El jueves temprano me comuniqué con los responsables de cada contingente. Ninguno estaba listo. El sindicato aún no les proporcionaba los nombres.

—Pero ¿cómo puede ser? —me pregunté—. Es una emergencia, y desde ayer se dio la instrucción.

Más de uno notó mi malestar.

—Solo les doy hasta las 10:00 —les dije—. Tienen dos horas para terminar de organizarse.

Justo a las 10:00 tuvimos videoconferencia con las oficinas centrales. El meteorólogo reiteró que el huracán se abriría más hacia el oeste y probablemente no tocaría tierra. Uriel titubeó en enviar al personal. Nacionales sugería esperar. Pero mi intuición me decía que debíamos movilizarnos. El recorrido era de más de 1,500 kilómetros. Dos días de traslado.

Por mensaje instruí la salida inmediata de los contingentes. Solo Tijuana obedeció. El resto aún esperaba la autorización del sindicato. Las horas se fueron rápido, y fue hasta las dos de la tarde cuando finalmente salieron. Con ese retraso, a lo mucho alcanzaría a llegar a San Quintín, donde tendrían que pernoctar.

Mientras tanto, del otro lado de la frontera, en una funeraria de Estados Unidos, velaban a mi padre. Las exigencias de la contingencia no daban tregua a las personales. Pude estar solo unos minutos en ese frío lugar, solemne, con una sensación de irrealidad que aún hoy me estremece. Ahí yacía mi padre, pero nunca quise verlo. Preferí quedarme con el recuerdo de su sonrisa cálida y su mirada cansada. Lo cremarían; la misa sería hasta el martes siguiente.

Tuve que regresar. La empresa requería presencia, decisiones, coordinación. Esa misma noche hubo otra reunión con personal de oficinas centrales. El fenómeno se mantenía como tormenta tropical y se había alejado. No representaba riesgo inminente. La instrucción fue clara: no mover más personal. Uriel, preocupado y visiblemente molesto, me ordenó regresarlos, aun cuando ya se había emitido la declaratoria.

Llamé a los responsables.

—Se confirma la orden: regresen.

El grupo más lejano apenas llegaba a Ensenada. Pero el contingente de Tijuana ya no pudo ser contactado. Seguramente ya estaban más allá de El Rosario, sin cobertura.

Por un lado, pensé: "Qué bueno que no salieron temprano". Pero por el otro, "Tal vez debimos esperar".

Viernes 12 de septiembre

Seguimos el monitoreo del fenómeno. La trayectoria seguía al oeste. El personal se reincorporó a sus labores. No hubo contingencia para ellos. Tijuana, en cambio, llegó hasta San Ignacio, ya en Baja California Sur. Querían seguir, pero les pedí que esperaran.

Esa área se encuentra a más de 500 km de la cabecera de zona, por lo que carecen de personal para mantenimiento, por lo que les indiqué a Román Medel, responsable del contingente, que buscaron al jefe de esa área para apoyarlo en trabajos pendientes: cuatro grupos con camiones grandes, útiles para poda y reparación de postes ladeados. Me aventé el tiro sin avisarle a Uriel. Fue decisión propia. Los dejaría al menos un par de días.

Presagio en silencio

Esa mañana del sábado 13 de septiembre dejé preparada mi maleta, por si acaso había que trasladarse al sur. Guardé ropa para dos semanas, mis botas, mi chaleco… y esta vez también mi cámara: una Nikon D60 digital. La fotografía siempre ha sido una afición muy personal para mí. No soy profesional ni pretendo serlo, pero me gusta capturar momentos: rostros concentrados, árboles doblados por el viento, una nube extraña en el horizonte. En medio del caos, detenerme a mirar por el lente me da un respiro. Me ayuda a observar lo que muchos pasan por alto. A veces siento que esa cámara me recuerda que, incluso en medio de una tormenta, hay belleza. Aún la conservo, como un objeto que guarda memorias, no solo imágenes.

Durante el desayuno con mi familia, se sentía un silencio no premeditado. No era la ausencia de algo, sino de alguien. Mi esposa, preocupada por ese mutismo, me animaba a llorar, pero la preocupación me lo impedía. Muy dentro de mí, rondaba el desarrollo de Odile, y necesitaba tener la mente despejada. A pesar de que ya se había levantado el COE, mi intuición me decía algo. ¿Acaso era mi padre queriéndome decir algo?

Cada tres horas consultaba el pronóstico del tiempo. En los sitios estadounidenses y en el Servicio Meteorológico Nacional decían lo mismo: "Se alejará hacia el oeste". Sin embargo, advertían que provocaría lluvias fuertes a intensas en el sur de la península. Para mí, la alerta aún no había pasado.

Al mediodía, nos citaron nuevamente a una videoconferencia con oficinas centrales. El meteorólogo informó que el fenómeno había girado levemente hacia el este, pero sin modificar su trayectoria de forma significativa. Hablaba de una distancia mayor a 500 kilómetros, por lo que, según él, sólo se sentirían los efectos de la lluvia.

Por la noche, otra vez el silencio. La mirada perdida hacia la nada invadió mi espacio. No hubo llanto. No hubo duelo. Sólo el abrazo reconfortante de mi esposa y mi hijo.

Sin saberlo, esa sería la última noche que dormiría cómodo.

El cambio de trayectoria

Una llamada del domingo 14 de septiembre me despertó, eran cerca de las 5:00 a.m. Era Uriel:

—Nos vamos a La Paz. La tormenta se intensificó y ya es huracán IV. Cambió de trayectoria hacia el este y se acercará bastante a la península. Salimos en una hora. Nos vemos en el centro de servicios para trasladarnos al aeropuerto de Tijuana.

—¿Todos? —le pregunté.

—Todos los del COE.

Solo conseguí localizar a René y Marcos, mis brazos derechos, mis incondicionales. Faltaban 31. Seguramente, tras la videoconferencia de ayer, bajaron la guardia. Error grave. El responsable seguía siendo yo.

Camino a Tijuana se comunicaron Felipe, mi tocayo, José de Comunicaciones, Isaías de Subestaciones y Sergio Fierro de Seguridad. Se les instruyó trasladarse también a Tijuana. Solo conseguimos vuelo a La Paz René, Marcos, Uriel y yo. Los demás volarían a Los Cabos en el vuelo de las 2:00 p.m.

Instruí a los contingentes de las zonas de apoyo a salir lo más pronto posible. El pronóstico indicaba que el huracán se acercaría en la madrugada del lunes. No alcanzarían a llegar a tiempo. Solo los de Distribución Tijuana, a 15 horas por tierra, podría lograrlo.

Durante el vuelo, intentamos definir la estrategia: quién iría a La Paz, quién a Los Cabos, y quién a Ciudad Constitución. Había mucha turbulencia, más de lo habitual, se sentía el miedo, el silencio en el avión era total. Ni agua ofrecieron.

Al llegar a La Paz el calor era abrumador, húmedo, sin viento, y todo nublado. El huracán seguía su curso, y aunque el pronóstico decía que bajaría de intensidad, sería categoría 2 y no tocaría tierra, algo no me cuadraba: la temperatura alta del mar, la opresiva atmósfera, las hormigas en las calles, la humedad que se pegaba a la piel… todo me indicaba que Odile entraría a tierra. Pero no lo comenté con nadie. Nos trasladamos al Centro de Servicio y establecimos el COE con los cuatro que llegamos. Se sumó Elías, el superintendente.

Uriel y Elías fueron a una reunión de Protección Civil estatal. René, Marcos y yo hicimos balance del almacén especial para huracanes. Teníamos el 95 % de lo requerido: 400 postes, 100 transformadores, cables y herrajes. Todos distribuidos en los almacenes de las tres zonas. Estábamos listos, pero solos. Sin el personal logístico, sin los encargados de alimentación, de seguridad, los enlaces con usuarios estratégicos, los contratistas… todo lo necesario para una emergencia real.

Hablamos con personal en Los Cabos. La instrucción fue clara: resguardar al personal al inicio de los vientos y lluvias, localizar contratistas, y participar en la reunión de Protección Civil municipal.

El viento en Los Cabos empezaba a sentirse. Les informé que llegarían apoyos en el vuelo de la tarde, procedentes de Tijuana, para que los trasladaran a lugares seguros.

El poderoso

A las 16:00 horas del domingo 14 de septiembre, los vientos de Odile eran de más de 240 km/h. Era un huracán altamente peligroso, comparable con los más destructivos que han golpeado territorio mexicano. Sin embargo, el pronóstico aún insistía: no tocará tierra, sólo pasará cerca de la península. Me cuesta creerlo ahora. El ojo del huracán tenía un diámetro de 30 kilómetros – el tamaño de toda la mancha urbana de La Paz – y sus bandas nubosas se extendían más de 800 kilómetros, cubriendo prácticamente todo el Golfo de California. Era como ver una bestia dormida en el radar, enorme y envolvente, avanzando hacia nosotros sin que nadie quisiera aceptarlo.

En el equipo, había una mezcla de nerviosismo contenido y una extraña calma. Sabíamos que, aunque las predicciones intentaban tranquilizarnos, la naturaleza rara vez se rige por certezas. Algo en el aire, en la mirada de los más experimentados, nos decía que estábamos frente a algo distinto, algo que no se podía tomar a la ligera.

El personal de Distribución Tijuana se ubicaría en Ciudad Constitución. Los demás contingentes seguían muy al norte, cerca de Guerrero Negro. Los logísticos apenas iban rumbo a Tijuana para volar a Los Cabos. Los 27 apoyos restantes no alcanzaron vuelos y se trasladarían hasta el lunes a La Paz.

Empezó a llover. Sin viento aún. El calor seguía siendo denso, como un baño de vapor. Sin novedades en el sistema eléctrico.

Dejamos abierta la videoconferencia con las zonas, ante un posible impacto. Las oficinas centrales pidieron ser informadas solo por teléfono. Debían preparar la logística del grito de independencia. Cada tres horas revisamos los pronósticos en todas las webs, queriendo convencernos de que no tocaría tierra, todas decían que no.

La segunda comitiva saldría de Tijuana a las 2:00 p.m. Me dio algo de tranquilidad saber que habría más personal en Los Cabos, aunque demasiado pocos.

El superintendente de Los Cabos, Fidel, nos informó que ya se sentía el viento. Se dio la orden de resguardo inmediato. Solo el personal de guardia permanecía alerta.

Ya era de noche cuando supimos que el avión con los apoyos nunca llegó. El viento en Los Cabos arreciaba. Las nubes parecían aplastarlo todo, y el calor se volvía insoportable. Nadie dormía. Afuera, el cielo amenazaba con estallar. Y adentro, solo quedaba esperar... El huracán no se desviaría.

Esta vez, vendría directo hacia nosotros.

Se empezaba a perder comunicación con Los Cabos, era intermitente, las llamadas se cortaban, las extensiones y el teléfono dejaron de funcionar.

Capítulo III
La noche que cambió todo...

El huracán ya no era una amenaza lejana en los mapas. Estaba ahí, acercándose con una fuerza que ni los pronósticos más alarmistas habían previsto. Afuera, el cielo se había cerrado en un gris denso y el viento comenzaba a doblar las palmeras como si fueran de papel. Adentro, en el centro de control, cada uno de nosotros tenía la vista fija en las pantallas. Sabíamos que si la tormenta golpeaba como se anunciaba, el sistema eléctrico no resistiría. La pregunta no era *si* habría apagones, sino *cuándo*.

La noche no esperó. La lluvia y el viento se intensificaron de golpe, como si el huracán hubiera decidido dejar de avisar y comenzar a golpear. En las pantallas, desde Los Cabos hasta Loreto, vimos cómo las luces de la península se iban apagando una a una, como velas que alguien soplaba desde el cielo. El Centro Nacional de Control de Energía (CENACE) nos reportaba cada falla, cada recorte automático. Luego llegó la orden: bloquearlos, según el protocolo operativo.

La videoconferencia con Ciudad Constitución se cortó sin previo aviso. Las comunicaciones empezaban a caer como las líneas eléctricas afuera. De los 130 circuitos de las tres zonas más afectadas –La Paz, Los Cabos y Ciudad Constitución– solo 22 seguían operando. El resto, silencio y oscuridad. El edificio en el que estábamos quedó iluminado apenas por las luces de emergencia, y la sensación de penumbra hizo que todos habláramos más bajo, como si el huracán pudiera oírnos. Dependíamos de una planta eléctrica de respaldo que, si fallaba, nos dejaría tan ciegos como al resto del estado.

La comunicación con CENACE se volvió intermitente; apenas logramos sostenerla por extensiones internas o telefonía local. El celular era un adorno en la mesa: señal débil, llamadas que no entraban. Afuera, Odile rugía; dentro, la penumbra y la incertidumbre se sentían igual de densas que el aire húmedo que nos rodeaba.

Y entonces, sin previo aviso, una de las luces de emergencia parpadeó... y se apagó.

La llegada

A las nueve de la noche, el viento rugía con una fuerza que parecía venir de todas partes. Las ventanas temblaban y se abombaban como si fueran de goma; la presión tapaba los oídos y hacía difícil incluso pensar. Cada ráfaga era un golpe seco contra el edificio. De pronto, un estallido cortó el ruido: una ventana del segundo piso reventó, a pesar de la protección instalada para reforzar las uniones. En segundos, el aire y la lluvia irrumpieron en las oficinas como una ola invisible. El agua, helada y con olor a sal y tierra, empapó escritorios, computadoras, cortinas y papeles. La humedad se pegaba a la piel y calaba hasta los huesos. No había manera segura de bloquearla; intentar acercarse habría sido ponerse en la línea directa del huracán. Solo quedaba ver, impotentes, cómo el viento y el agua reclamaban aquel espacio.

Afuera, las sirenas de los autos sonaban sin descanso, un sonido agudo que se mezclaba con el rugido del viento. Las palmeras se arqueaban como si fueran de goma, sus hojas látigo golpeando contra cualquier superficie. Los árboles más grandes se desgarraban, dejando caer ramas que crujían al romperse. La lluvia, empujada en diagonal, no caía: atravesaba el aire como una cortina gris que borraba las formas y volvía todo un cuadro borroso, húmedo y vibrante de movimiento.

Fue una de las noches más largas de mi vida. El huracán lo llenaba todo, pero algo dentro de mí también se removía. Me recordó al fallecimiento de mi padre... ¿Acaso el cielo estaba enojado por su partida? La lluvia golpeaba con fuerza sobre los techos, los vientos aullaban entre las calles vacías, y el estruendo parecía gritar mi impotencia. Cada rama que caía, cada luz que se apagaba me hacía sentir que el mundo también lloraba su ausencia. El aire era húmedo y cargado de energía con furia, y no podía evitar pensar que la tormenta era más que un fenómeno natural: era un espejo del dolor que llevaba dentro.

Uriel se retiró a descansar; los demás nos quedamos. Éramos cuatro, y se sumó Castillo, el jefe de la Oficina de Distribución local. El edificio retumbaba con el viento, como si la estructura misma protestara. Cada golpe contra las ventanas hacía temblar el piso bajo nuestros pies, y el rugido constante del huracán hacía que nuestras voces apenas se escucharan.

Debíamos enviar reportes al COE nacional, pero la comunicación estaba caída: no había internet, ni llamadas telefónicas, ni celulares que funcionaran de manera confiable. Solo, de vez en cuando, entraban mensajes por WhatsApp de algunos compañeros en Los Cabos. Nos contaban que allá también se habían roto los vidrios del edificio de distribución y comercial, y que la lluvia se filtraba por todos los rincones.

El caos era absoluto. Sentíamos miedo, una tensión constante en el pecho, y la incertidumbre de no saber qué pasaba exactamente con el huracán en otras zonas nos atormentaba. Imaginábamos árboles cayendo sobre casas, cables eléctricos arrancados, calles inundadas. Cada uno pensaba en su familia: los hijos, la pareja, los padres… Castillo revisaba su celular compulsivamente, esperando alguna noticia, mientras yo sentía un nudo en la garganta, consciente de que cualquier retraso podría significar más peligro para otros. La preocupación no era solo por el trabajo; era por la vida de las personas que dependían de nosotros, por nuestras familias y por nosotros mismos.

La lluvia arreciaba como si lanzara cuchillas invisibles, golpeando los techos y el asfalto, arrastrando hojas, ramas y polvo. El estruendo era constante, pero lo más inquietante era el silencio intermitente de las comunicaciones: ningún mensaje confirmado, ninguna llamada respondida. Todo dependía de nuestra presencia allí, de nuestra vigilancia en medio de la tormenta.

Odile ya se encontraba en su máximo esplendor sobre la península. El viento golpeaba con una fuerza devastadora, arrancando ramas y techos, mientras la lluvia caía en torrentes que borraban todo a su paso. No era solo furia; era una amenaza palpable.

La ansiedad se mezclaba con un respeto tembloroso: sabíamos que no había preparación que nos protegiera completamente. Solo nos quedaba aferrarnos a nuestro entrenamiento y tratar de que la electricidad y los equipos resistieran la embestida que nos azotaba.

El reloj parecía detenerse. Afuera, el cielo era un espectáculo de destrucción: ráfagas, relámpagos y lluvia golpeando en un compás irregular, como si el mundo mismo contuviera la respiración. Dentro, nosotros éramos testigos y guardianes, atrapados entre la devastación que lo cubría todo y la fragilidad de lo que queríamos proteger.

El corazón me latía con fuerza, y cada crujido del edificio me recordaba que estábamos solos frente a la fuerza de la naturaleza. Sabíamos que, en cualquier momento, todo podría colapsar. Afuera, el rugido de Odile era absoluto, incontrolable, demoledor.

Y entonces, mientras el viento silbaba por las grietas de las ventanas rotas y el agua se colaba por cada rendija, comprendí algo con claridad: nada volvería a ser igual. Lo que estaba por venir pondría a prueba nuestra capacidad, nuestro coraje y nuestra humanidad. Y nosotros, al frente, sin saber si saldríamos intactos, nos aferramos a una certeza: teníamos que resistir.

Un amanecer desolador

La madrugada había pasado. Ya era 15 de septiembre, día del Grito de Independencia; seguramente no habría celebraciones, al menos en toda Baja California Sur. La lluvia continuaba, aunque el viento había disminuido. No había a quién entregar los reportes. Uriel regresó alrededor de las 7 a.m. y comentó:

—Del hotel al centro de servicio hay muchos postes caídos. Yo calculo unos 200 en La Paz y más de 500 en Los Cabos.

Eso hablaba por sí solo: el fenómeno había sido intenso.

Me dio la instrucción de trasladarme a San José del Cabo para coordinar la atención desde allá. Él se quedaría en La Paz con los dos apoyos, Marcos y René. Pedí llevarme conmigo al UCAE, la unidad especial para comunicaciones satelitales. El personal llegaría un poco más tarde; por el momento, viajaría solo.

Salí pasadas las 8, aún bajo lluvia y viento. Era impresionante ver letreros, árboles y postes caídos. La ciudad parecía otra: calles bloqueadas, luces apagadas, cables tirados. Me decía a mí mismo: la magnitud del evento era mucho mayor de lo que Uriel había calculado... en toda la península había más de cinco mil postes derribados. Cada poste representaba electricidad para decenas de hogares, escuelas, hospitales y comercios; cinco mil postes caídos significaban ciudades enteras sin luz, sin comunicaciones, sin servicios básicos, con miles de personas en riesgo y aislamiento total.

Mientras avanzaba solo entre los obstáculos, sentía el peso de la responsabilidad y la soledad del trayecto. Cada calle que cruzaba parecía un recordatorio de lo frágil que era todo: la infraestructura, la vida cotidiana, la seguridad de las familias que esperaban que alguien acudiera a restaurar lo esencial.

No había a quién avisar. El teléfono satelital tampoco funcionaba, probablemente afectado por las condiciones climáticas. Cada maniobra, cada paso entre postes y árboles caídos, se sentía crítico: un error podía costar tiempo y vidas. La lluvia y el viento intensificaban la sensación de urgencia, y un peso en el pecho me recordaba que estaba al frente de un desastre que había cambiado la realidad de todos.

El trayecto hacia Cabo San Lucas me tomó más de seis horas. Cada kilómetro era un desafío: deslaves bloqueaban la carretera, cables caídos se enredaban entre postes quebrados y estructuras derrumbadas. El olor a tierra húmeda, a madera quemada por fricciones eléctricas y, sorprendentemente, a pescado traído por el viento y la marea, se mezclaba con la sal marina.

Al entrar a la ciudad, los postes troncocónicos yacían doblados o arrancados desde la base, como soldados vencidos por la fuerza del huracán. Con solo mirar ese escenario, sentí un nudo en el pecho; imaginaba el resto de la ciudad, casas sin techos, calles anegadas, gente probablemente atrapada o tratando de proteger lo poco que quedaba.

Me detuve, bajé del vehículo y saqué mi cámara. Quería registrar lo acontecido, capturar la magnitud de la devastación, los postes quebrados, los cables colgando y la arena arrastrada por el viento hasta las calles. Cada clic del obturador resonaba sobre el rugido del viento y las olas, como un intento de poner orden en el caos.

La planta termoeléctrica mostraba daños en el techo, y deseaba que al menos las unidades generadoras estuvieran funcionando. Cada crujido de madera o metal movido por el viento recorría mi espalda con un escalofrío. El mar seguía enfurecido, con oleaje alto y picado, rompiendo contra la costa. La lluvia y la brisa salada me empapaban la ropa y la piel.

En medio de todo eso, sentí una extraña combinación de miedo, responsabilidad y asombro: miedo por lo que vendría, responsabilidad por la gente que dependía de nosotros, y asombro ante la fuerza devastadora de la naturaleza.

Pese a la emergencia, había vehículos particulares por todas partes. El tráfico era intenso, incluso para los vehículos de apoyo.

Frente a Walmart en San Lucas, me impactó ver a la gente saqueando: víveres, papel de baño, ventiladores... incluso televisores. Ver tanto tumulto de personas llevándose objetos que no eran necesarios hablaba de una mala costumbre de aprovecharse del "árbol caído", de tomar ventaja de la desgracia ajena.

El bullicio de la multitud se mezclaba con el rugido del viento y el oleaje, creando una sensación de caos absoluto. El olor a tierra húmeda, arena y humedad dentro de la tienda contrastaba con el miedo y la urgencia en los rostros de quienes buscaban proteger lo que aún podían rescatar.

Por un momento, sentí una mezcla de incredulidad y preocupación: incredulidad por la rapidez con que la normalidad se había desmoronado, y preocupación por la vulnerabilidad de las personas atrapadas en medio de la tormenta.

Justo en la esquina, el paso estaba bloqueado por dos postes caídos. Ahí me encontré al ingeniero de planeación, Héctor. Le pregunté:

—¿Cuánta gente tenemos trabajando?

—Solo dos grupos de contratistas y dos parejas de distribución —me respondió.

—Vamos a necesitar un ejército para esto —le dije.

Le pedí que despejaran las calles para que pudieran circular los vehículos. Le informé que venía la UCAE para restablecer las comunicaciones y que yo iría a San José del Cabo. No lo volví a ver hasta pasada la contingencia.

El traslado de San Lucas a San José fue otra aventura. Cerca de 30 km de trayecto, justo lo que medía el ojo del huracán, y todo estaba completamente bloqueado. Casi todos los postes cayeron. Al llegar, también vi rapiña en Soriana y Walmart, así como en San Lucas.

Las oficinas estaban destruidas: papeles, computadoras, escritorios, vidrios. Literal, por aquí pasó un huracán, me dije. Acondicionamos como pudimos la sala para improvisar el COE.

El inicio del caos.

La reunión improvisada fue con el superintendente Fidel y su apoyo logístico, Samuel.

—¿Con qué recursos contamos? —pregunté.

—Ninguno —respondió Samuel, visiblemente afectado—.

No hay servicio en los hoteles, ni restaurantes, ni gasolineras. Ningún contratista ha llegado. Solo el personal que voluntariamente se presentó: cuatro grupos y cuatro ingenieros. Todo lo demás, se lo llevó el huracán.

Contábamos con cinco plantas eléctricas de emergencia. El panorama era desolador.

Le pedí contactar a la representación sindical, que nos apoyaran. También buscar a todos los contratistas disponibles. Teníamos que comenzar con el conteo de daños. Y apenas empezaba el verdadero caos.

Finalmente, la UCAE llegó casi tres horas después que yo. Se instaló, pero aún no teníamos comunicación. Habría que conectarlo y hacer pruebas.

El llamado al personal fue completamente personalizado. No había otra forma: sin teléfono, sin señal celular, cara a cara era la única vía. El Sindicato nos ayudó en la tarea.

Necesitábamos gente que conociera bien las colonias; sabíamos que pronto llegarían apoyos de fuera, y no conocerían ni las ciudades ni sus calles. Tendríamos que ir organizándolos nosotros mismos. También era urgente contar con personal que apoyara a Samuel en la distribución de comida, agua y sueros para los brigadistas.

Se notaba la incredulidad del personal local. Su respuesta era clara: "El huracán se llevó todo Inge, no hay nada". Pero yo sabía —por experiencia— que los apoyos siempre llegan, incluso sin comunicación directa. La empresa ya debía estar en movimiento.

"Fidel", le dije al superintendente, "tenemos que hacer lo mismo en San Lucas. Hay que enviar a alguien para empezar a montar la logística y establecer un campamento para los refuerzos." Le pedí que localizara a Héctor, con quien me había topado allá. Pero contactarlo implicaba enviar otro recurso que no teníamos disponible.

La UCAE apenas se estaba conectando y la comunicación seguía siendo intermitente. El personal de Distribución se desvió para gestionar el apoyo con las gasolineras que nos suministrarían combustible tanto a nuestros vehículos como a los de los contratistas. Era cuestión de tiempo para que los apoyos de otras divisiones llegaran, teníamos que estar listos para recibirlos y abastecerlos. Tuvimos que rentar plantas de emergencias para las gasolineras que nos darían ese soporte.

También teníamos que coordinarnos con Protección Civil, para garantizar lo necesario para nuestro personal. Sabía por experiencia que en estas contingencias las gasolineras, tiendas y servicios colapsan con rapidez. Nuestra empresa debía tener prioridad, y así fue. Durante todo el evento, contamos con el respaldo de Protección Civil, la seguridad pública y la Marina.

Mientras avanzábamos con lo poco que teníamos, el viento había disminuido y la lluvia había cesado, dejando un silencio extraño que contrastaba con la violencia de horas antes. El aire olía a tierra húmeda, mezclado con combustible y el leve aroma a sal proveniente del mar cercano. Cada crujido de ramas caídas o estructuras dañadas recordaba que la península seguía herida, aunque por un momento todo pareciera estar en pausa.

Sentía un nudo en el estómago, una mezcla de miedo y responsabilidad; cada decisión podía marcar la diferencia entre avanzar o quedar paralizados. Miraba a mi alrededor: los rostros cansados, la mirada tensa, reflejaban la misma incertidumbre que yo sentía, pero también la determinación de seguir adelante.

Afuera, la calma era apenas un respiro entre el caos; adentro, la tensión permanecía, anticipando que la verdadera prueba apenas comenzaría.

Capítulo IV
El día después

El primer reporte de daños en Los Cabos era demoledor: 332 postes caídos, 43 circuitos fuera de operación – es decir, todos – y 17 transformadores dañados. Pero no había a quién enviárselo. Las comunicaciones eran nulas y, sin ellas, era imposible solicitar apoyo. Estábamos completamente rebasados por la contingencia.

Según el protocolo, la zona afectada debía ser apoyada por las Divisiones Noroeste, Norte y Jalisco. Pero en ese momento pensé que necesitaríamos muchas más. La situación lo ameritaba.

Yo creía que lo más urgente era abrir caminos, restablecer, aunque fuera un circuito prioritario, dar señales de que la electricidad podía volver. Eso podía significar esperanza para la población. Pero lo cierto es que en ese instante no contábamos ni con el recurso humano ni material para lograrlo. Los ingenieros compartían mi incertidumbre: ¿por dónde empezar cuando todo estaba derrumbado?

Lo único claro era que necesitaríamos apoyos masivos, mucho más de lo que marcaba el protocolo. La magnitud del desastre nos había cambiado la escala de referencia: ya no se trataba de reparar daños, sino de reconstruir desde cero.

En medio de esa incertidumbre, me preguntaba en silencio cómo podríamos resolver todo aquello. No encontraba una respuesta clara; sólo mi intuición y la experiencia acumulada me guiaban: había que empezar por lo básico. Junto con los ingenieros identificamos los circuitos que alimentaban hospitales y pozos de agua. Ese sería nuestro primer paso.

Sin servicios

Las instrucciones fueron claras: había que conseguir servicios básicos –hospedaje, comida– mientras me dirigía a Teléfonos de México, esperando que su infraestructura hubiese resistido. Yo había trabajado en Teléfonos del Noroeste en Tijuana y sabía que contaban con líneas dedicadas. Al llegar, el panorama era deprimente: la antena principal de microondas estaba en el suelo, junto con su transformador particular. Al fondo, la planta eléctrica rugía incansablemente.

Me recibió el ingeniero encargado, amable pero visiblemente afectado; había estado de guardia durante el paso del fenómeno. Me explicó que el sistema estaba colapsado. La planta llevaba más de 24 horas operando sin interrupción. La telefonía convencional no funcionaba, mucho menos el internet.

Le pedí ayuda:

—En cuanto tenga forma de establecer señal, les instalaré una línea dedicada —me prometió, a cambio de repararle su transformador.

A pesar del caos, también había momentos que nos arrancaban una risa nerviosa. En la oficina, un ventilador caído con las aspas dobladas vibraba como si tuviera vida propia. Parecía más un juguete que un ventilador, y no pudimos evitar mirar al ingeniero y soltar una carcajada mientras intentaba enderezarlo sin éxito.

Más tarde llegaron los cuatro ingenieros de apoyo que se habían quedado varados, todos de diferentes especialidades. Sergio Fierro era el de mayor experiencia en el área de Los Cabos. Habían volado por la ruta Tijuana-Culiacán-Los Cabos en un avión militar. Su arribo nos dio un respiro, pero al mismo tiempo abría la pregunta inevitable: ¿cómo íbamos a levantar todo aquello? Sin comunicación, sin contratistas, sin gasolina suficiente y con la población desesperada, parecía imposible trazar una ruta clara. Entre nosotros discutíamos escenarios: ¿Llegarían brigadas de fuera? ¿Tendríamos el respaldo inmediato de las Divisiones vecinas o incluso de la sede nacional?

Urgía encontrar hoteles para albergar al personal que llegaría. La mayoría no quería prestar servicio, pues realmente no contaban con ninguno; sin embargo, logramos convencerlos. Me asignaron una habitación con las ventanas rotas, sin agua, sin luz y sin cobijas... pero era de las "mejores" que podían ofrecer.

A las tres de la madrugada del 16 de septiembre, no se había levantado ni un solo poste. Solo elaboramos reportes. Yo llevaba más de 40 horas sin dormir; el cuerpo ya no respondía. Pedí a quienes me acompañaban que descansaran al menos tres horas. Dejamos solo una guardia, y nos fuimos con la sensación de que la verdadera batalla apenas comenzaba.

La noche más oscura

La oscuridad se adueñó de la noche; ni las estrellas ni la luna se veían, era como si se escondieran de lo que la naturaleza había desatado. Solo el resplandor de algunas luces se reflejaba en el vehículo. Muy al fondo se distinguían barricadas improvisadas por la propia gente, la única iluminación con la que contaba en ese momento San José.

El aire olía a tierra mojada, salitre y hojas desgarradas; de vez en cuando se colaba un aroma a humo de leña de algún hogar cercano. Cada inhalación llevaba consigo un recuerdo de la tormenta y un leve cosquilleo de ansiedad.

La habitación, húmeda y caliente, olía a madera mojada y tela húmeda. Cada superficie parecía retener el aire denso de la noche. Tomé un baño improvisado con una botella de agua: quinientos mililitros bastaron para sentir un pequeño oasis entre aquellas cuatro paredes.

A oscuras, solo con la linterna del celular, me arrodillé en la bañera. Vertí el agua en mis manos y la arrojé sobre mi cabeza con jabón. El agua sucia recorría mi cuerpo y, con ella, intentaba arrastrar el cansancio, el sudor y un nudo profundo de preocupación y culpa que llevaba desde hacía días. Cada gota fría era un alivio momentáneo; cada sonido del agua golpeando la bañera se mezclaba con el viento lejano que hacía crujir las estructuras del hotel y el zumbido de los postes caídos al exterior. Me gasté hasta la última gota, sintiendo cómo mi cuerpo absorbía un mínimo de consuelo.

Ya recostado, mi mente no encontraba reposo. La responsabilidad me pesaba en el pecho, pero al mismo tiempo mi esposa y mi hijo aparecían como sombras entre nubes, difusos pero presentes, recordándome lo que me esperaba al otro lado de todo aquel caos.

Imaginaba también a mi madre, lejos de ahí, de seguro rezando con la fe que solo ella sabe sostener; como si cada palabra que murmuraba en silencio viajara por la noche hasta alcanzarme, envolviéndome en un manto invisible de protección. Y mi padre... lo sentía cerca, vigilante y silencioso, como si me acompañara en la penumbra, respirando conmigo y dándome fuerzas para continuar. Hasta que, finalmente, el sueño me venció.

Esas tres horas de descanso parecieron apenas quince minutos; un breve respiro antes de regresar a la tormenta que aún rugía afuera. Los lamentos del viento, el golpeteo lejano de ramas y escombros, la humedad persistente en la piel y el olor a tierra y madera mojada hicieron de esa madrugada una experiencia que marcó cuerpo y mente.

Los buenos samaritanos

Empezaba a amanecer, el alba queriéndose asomar por la ventana, eran las seis de la mañana. El colmo: mi vehículo había amanecido "ponchado". Seguíamos incomunicados, el auto sin refacción y no había forma de contactar a nadie. Estaba a unos tres kilómetros del centro de servicios, así que me dispuse a caminar.

Cada paso sobre el pavimento mojado crujía bajo mis botas; el aire olía a tierra y salitre, y la humedad pegajosa hacía que cada respiración se sintiera pesada. El cuerpo cansado, la mente saturada, pero no había opción.

A medio camino, una pareja en una pickup 4x4 se detuvo. Me ofrecieron "raite". Eran peregrinos, de esos que confían y apoyan sin preguntar demasiado. Durante el trayecto, al saber a qué me dedicaba, me lanzaron la pregunta que todos traían en la cabeza:

—¿Cuánto tiempo para que regrese la luz?

Respiré hondo. No quería dar falsas esperanzas.

—Prepárense... al menos unos quince días.

Se quedaron en silencio unos segundos. Luego, con tono de incredulidad:

—¿Tanto? En los últimos años, máximo cinco días...

—Esta vez fue distinto —les dije.

La verdad no estaba seguro de si lo lograríamos en menos tiempo.

De vuelta a la oficina, el aroma del café recién hecho era un pequeño consuelo entre la devastación. Revisamos prioridades y avances. Los hospitales del IMSS operaban con sus propias plantas eléctricas, pero una de ellas fallaba con frecuencia, por lo que instalamos una planta de respaldo adicional, mientras el sonido de generadores y cables chispeando llenaba la habitación.

Otra de las plantas se quedó en el edificio que sería el COE; estaba instalada solo para alumbrado, los aires acondicionados se habían dañado y el calor húmedo hacía que el sudor pegara la ropa al cuerpo. Las tres plantas restantes se asignaron a albergues. También logramos despejar algunas vialidades principales, sorteando ramas caídas y escombros que crujían bajo nuestros pies.

Debíamos comenzar de inmediato: contactar proveedores para rentar plantas de emergencia, contratistas con retroexcavadoras, conseguir materiales eléctricos.

El primer paso para restablecer la electricidad no es solo contar con postes y cables; hay que levantarlos. Levantar un poste de luz no es solo cuestión de fuerza; es un trabajo meticuloso y peligroso.

Primero evaluamos la zona: despejamos escombros, ubicamos al personal y nos aseguramos de que no hubiera cables con energía cerca. Luego, los linieros colocan los tirantes de sujeción y las grúas comienzan a elevar el poste lentamente, mientras otro grupo asegura la base con concreto o anclajes según el terreno. Todo esto se hace coordinadamente: un paso en falso y alguien podría resultar herido.

Mientras el poste se erige, revisamos los cables que quedan colgando. Dependiendo del tamaño del poste y de la infraestructura disponible, el trabajo puede tomar desde una hora hasta varias, y requiere concentración absoluta. Cada movimiento se hace en silencio, con gestos y miradas que comunican más que las palabras, porque cualquier error puede ser fatal.

Cuando finalmente el poste queda firme y los cables se reconectan, hay un instante de tensión. Todo está listo para la energía, pero eso solo sucederá al levantar varios segmentos de postes, no uno solo.

Para nosotros, es un paso pequeño, pero lleno de esperanza: un primer hilo de normalidad en medio del caos.

El aeropuerto

A las 11 de la mañana, por fin sonó mi teléfono satelital. Era un ingeniero del COE Nacional, visiblemente molesto por la falta de comunicación. La orden era clara: instalar una planta de emergencia en el aeropuerto para el presidente de la república.

—No tengo ninguna disponible —le respondí.

—Pues a ver en qué palo te montas, pero tienes que instalarla ahora —replicó, con tono autoritario.

Aproveché la señal satelital para avisar a mi familia "Estoy bien, no sé cuándo podré comunicarme. Cuídense." Como si fuera un mensaje de telegrama, corto y conciso.

Logramos conseguir prestada una planta móvil de 4 kW, suficiente únicamente para el equipo de sonido. Al llegar al aeropuerto, el panorama era desolador. La torre de control estaba semidestruida, las salas de espera con daños severos, una avioneta de cabeza en el fondo del hangar, vidrios rotos y papeles dispersos por todos lados.

Afuera, una multitud de personas se agolpaba bajo el sol. Algunos lloraban, otros murmuraban entre ellos, el olor a polvo, combustible y humedad impregnaba el aire. El calor pegaba, mezclado con el olor de la lluvia estancada y la tierra removida. Niños sollozaban, empapados de sudor y miedo. El personal del aeropuerto y de las aerolíneas actuaba con lo que tenía a mano. Empleados de seguridad y mantenimiento barrían vidrios y escombros con guantes improvisados, guiaban a los pasajeros con voces tensas, mientras los operadores de combustible improvisaban turnos para mantener operativos los pocos aviones que podían despegar.

Los ascensores estaban apagados, los sistemas de ventilación no funcionaban y el agua escaseaba. Linternas, radios portátiles y generadores pequeños eran todo lo que tenían. Cada sonido —el murmullo de la gente, el golpeteo de cristales, el zumbido de grúas y vehículos— formaba un caos auditivo constante. La sensación de humedad y polvo en la piel, combinada con el calor sofocante y la incertidumbre, hacía que cada paso fuera agotador.

Después de atravesar varios filtros de seguridad, me encontré con Uriel. Quiso saber los avances.

—Tenemos poco personal... tampoco hemos instalado ni un solo poste —le informé con franqueza.

Se molestó. Exigía resultados inmediatos. En ese momento me confirmó lo que ya sospechábamos: ninguna línea de transmisión estaba operativa. No había generación, ni siquiera en Constitución. El sistema estaba completamente colapsado.

Parecía el apocalipsis.

Y de la planta eléctrica que tanto se había solicitado con anticipación... ni se usó.

Los apoyos

En el aeropuerto, le expliqué a Uriel que estábamos retirando postes caídos de las vialidades para liberar el tráfico. Me pidió atender el arribo de un avión con personal de apoyo. No sabía cómo lo habían solicitado, pero al llegar vi descender a un contingente de 150 linieros con personal de logística provenientes de Jalisco, Bajío y Sureste. El avión, un Boeing 737 de la Fuerza Aérea Mexicana, estaba justo al lado. Era una gran noticia... pero con un gran problema: no teníamos vehículos para transportarlos.

Frente al aeropuerto, las compañías de renta de autos tenían los techos colapsados; desde lejos se veían vehículos dañados por la fuerza del huracán. Afortunadamente contaban con un administrador de contingente. Le pedí que se encargara de rentar los autos que pudiera y dirigiera a su gente a las agencias. Solo esperaba que, pese a los daños, aún pudieran ofrecer el servicio. No podía detenerme más, y así lo hicieron.

Mientras me alejaba del aeropuerto, una mezcla de alivio y preocupación me invadía: alivio por saber que el refuerzo había llegado, preocupación porque no había estructura lista para recibirlos. No había campamentos, ni rutas asignadas, ni materiales suficientes. Todo tendría que improvisarse sobre la marcha, como tantas cosas durante esa contingencia.

Las calles seguían colapsadas, los postes bloqueaban caminos y los semáforos yacían retorcidos en el pavimento. El caos no era solo técnico, era humano. La mirada de los recién llegados me pesaba: esperaban dirección, respuestas, certezas. Yo apenas tenía fragmentos de información y demasiadas decisiones por tomar.

Al llegar al centro de servicio, convoqué a los apoyos locales. Venía un contingente grande detrás de mí. Era urgente gestionar al menos 150 comidas y cenas para ese mismo día.

No había restaurantes en operación. Conseguimos quién nos cocinara en la misma agencia, con estufas improvisadas.

Los linieros llegaron con las manos vacías, sin herramientas ni equipos de seguridad.

—¿Por qué no trajeron su equipo? —pregunté al responsable.

—Nos dijeron que ustedes lo tendrían —respondió.

Ni una sola pinza. Instruí a Feliciano, uno de los ingenieros de zona, a que comprara lo que encontrara: llaves, pinzas, guantes... lo que fuera. Solo conseguimos 20 juegos de herramientas, apenas suficientes para desmantelar, pero no para reconstruir. Me preguntaba: ¿qué haría con los otros 130?

Pedí apoyo a los responsables de cada contingente para despejar las calles principales. Los jefes de Jalisco y Sureste respondieron de inmediato. El del Bajío, en cambio, se negó.

—No hay condiciones seguras para trabajar —dijo.

No podía creerlo. Era una emergencia. Se debía actuar con lo que se tenía. El protocolo de seguridad era muy estricto, lo sé, pero las circunstancias exigían decisiones rápidas. Me pedía instalar tierras antes y después de donde estuviera su personal, verificar voltaje con equipos audibles, usar guantes dieléctricos... Nada de eso teníamos.

Le expliqué: todo estaba en el suelo, todo tirado. Aun así, se negó.

Mientras tanto, el resto del equipo se dispersaba, limpiando calles con lo poco que había, improvisando soluciones donde antes existían estructuras completas. Sabía que cada hora contaba, y que la gente afuera no esperaba excusas, sino resultados.

Ese día entendí que, en una contingencia de verdad, no sólo se pone a prueba la infraestructura... también el carácter.

El apoyo que dio esperanza

Finalmente, la UCAE logró establecer comunicación: teníamos videoconferencia y correo electrónico. Se envió el primer reporte oficial de daños en Los Cabos. La Paz y Ciudad Constitución ya habían enviado los suyos. Los Cabos era, sin duda, la zona más afectada.

La primera señal estable fue con el subdirector de Distribución. Como era su costumbre, lo primero que preguntó fue si todos nos encontrábamos bien. Después, inevitablemente, se enfocó en el sistema eléctrico. Tras el reporte que le envié y la descripción que le di, entendió que no se trataba de daños menores, sino de una verdadera devastación.

—¿Qué apoyos requieren? —preguntó con tono directo.

Le respondí sin rodeos: se necesitarán cerca de cinco mil postes, aproximadamente un 70% de 12 metros y el resto de 9 metros; más de mil transformadores monofásicos de capacidades superiores a 25 kVA y unos 200 trifásicos de más de 75 kVA. Además, crucetas, cables, herrajes, materiales para redes subterráneas, cables de 500 y 3/0 para 15 kV... y, por supuesto, apoyos humanos y comida.

La videoconferencia fue intermitente, la señal iba y venía, pero era entendible dadas las condiciones.

—Coordinaremos desde acá toda la logística. —me aseguró— Te enviaremos al Coordinador de Distribución, Murrieta.

Agradecí el respaldo, pero no pude evitar preguntarme: ¿cuándo empezaremos a recibir toda esa ayuda? El traslado de semejante volumen de materiales y personal sería, sin duda, una labor titánica.

—De inmediato —me respondió.

—Una cosa más —me dijo—. Prepárense, porque se ha formado otro huracán con trayectoria similar a Odile. Polo ya es huracán.

La naturaleza parecía tener un plan devastador para Baja California Sur. Me pregunté en silencio: ¿qué hicimos para merecer esto? En mi mente revivía los pasajes oscuros de los días de Odile, el cansancio, la presión, la impotencia. Pero esta vez no estábamos solos. Ya teníamos apoyo en campo y una estructura de respuesta armada. El golpe, de llegar, no sería igual. Aun así, en medio de la incertidumbre, hubo un respiro: sabíamos que no partiríamos desde cero.

El respaldo de la Subdirección de Distribución se convirtió, sin duda, en uno de los pilares más firmes durante aquella contingencia. Fue la diferencia entre el abandono y la esperanza.

Al colgar la llamada, una inquietud me recorría el cuerpo. Apenas estábamos tomando aire tras el golpe de Odile y ya se anunciaba otro huracán con rumbo similar. Polo podría significar volver al punto de partida.

Miré a mi equipo: rostros cansados, ojeras profundas, su ropa manchada de polvo y sudor, pero con la misma determinación que el primer día. Nadie hablaba de rendirse. Sabían que, si Polo tocaba tierra, tendríamos que proteger lo poco que habíamos avanzado y reorganizar nuestras fuerzas.

El plan era claro: resguardar materiales, reforzar lo que pudiera asegurarse y mantener al personal a salvo hasta que pasara el peligro.

Esa noche entendí que la batalla no era solo contra la falta de luz; era contra el tiempo, la naturaleza y el miedo que intentaba quebrarnos. Y aun con todo en contra, nos sabíamos listos para resistir otra vez.

Capítulo V
Reunión de alto voltaje

El apoyo logístico y humano comenzó a llegar, al menos por teléfono satelital me informaban, con ello también crecían las expectativas. Desde los niveles más altos de la empresa se exigía información precisa y decisiones firmes. La visita del director general no era sólo simbólica: representaba el inicio del escrutinio nacional.

Las prioridades

Uriel me instruyó, además, para preparar un área para recibir al director general. Me trasladé de inmediato para armar un informe preliminar que pudiera presentarle. Aproveché también para reunir a mi equipo de trabajo y establecer prioridades: hospitales y pozos de agua. Trazamos una ruta crítica para atender los doce pozos principales, con la meta de restablecer el servicio en un plazo de cinco días.

Minutos después, llegó la comitiva: cuatro camionetas tipo Suburban, impecables, irrumpieron en el estacionamiento improvisado. De una de ellas descendieron el director general, los subdirectores, personal del Estado Mayor Presidencial... todos precedidos por Uriel, quien me buscó con la mirada apenas bajó del vehículo. Rápidamente le indiqué el lugar destinado para la reunión: la sala de capacitación.

Era un espacio sin ventanas, sin luz, sin aire acondicionado. Apenas un pintarrón, algunas mamparas y un mapa de la península de Baja California marcando Los Cabos y La Paz como zonas críticas. Todo se haría a mano, como en los viejos tiempos, donde la planeación dependía del trazo firme de un plumón sobre superficies blancas y la memoria técnica de quienes estábamos ahí.

El director general era un hombre alto, de tez morena. Tenía el cabello corto, rizado y oscuro, aunque las canas, especialmente marcadas en las sienes y la parte superior de la cabeza, delataban el paso del tiempo o, quizás, demasiadas jornadas de responsabilidad. La frente amplia y despejada le daba un aire reflexivo, como si guardara siempre un pensamiento pendiente de ser compartido.

Las cejas, gruesas y bien delineadas enmarcaban unos ojos oscuros, vivaces, que parecían observar con atención genuina, atentos a cada gesto del otro. Su nariz, recta y de proporciones armónicas, se equilibraba con una aparente sonrisa amplia y luminosa. Los labios, delineados con naturalidad, abrían paso a una dentadura blanca y ordenada que completaba la expresión afable. Los pómulos ligeramente marcados y una mandíbula firme daban estructura al rostro, mientras que el tono de su piel, sereno y parejo reflejaba vitalidad. Vestía de manera casual, pero genuina; su sola presencia marcaba jerarquía, sin necesidad de palabras.

A su costado derecho, el director de operaciones. Al izquierdo, el subdirector de Transmisión. De frente, el equipo de trabajo comandado por Uriel; Fidel, el superintendente; Osiel, de comunicación social; el gerente de Transmisión; mi equipo y yo.

El calor no se hizo esperar. Todos sudamos, algunos en silencio, otros tratando de mantener la compostura bajo el sofocante ambiente. No había formalidades que resistieran esas condiciones.

El director fue directo al punto:

—Las prioridades las dicto yo. Estas serán: hospitales, pozos de agua, aeropuerto y albergues.

Ni siquiera preguntó cuál sería la ruta técnica más lógica para restablecer el servicio. El mensaje era claro: no venía a escuchar, sino a imponer.

—¿Cuántos pozos tiene esta ciudad? —preguntó con voz firme.

El superintendente respondió, sin dudar:

—Doce.

Pero ante nuevos cuestionamientos, corrigió con cautela:

—Dieciséis.

La reacción fue inmediata y brutal.

—Usted no sabe lo que está diciendo —le gritó, con voz cortante. Luego volteó hacia Uriel con dureza:

—Tráiganme a alguien que sí sepa. No vine a perder mi tiempo, porque mi tiempo sí vale.

La sala se quedó en silencio. El ambiente, ya sofocante por el calor, se volvió irrespirable por la tensión. Nadie se atrevió a intervenir. En realidad, el dato correcto era que había veinticinco pozos. Doce de ellos eran los más críticos, indispensables para garantizar el suministro a hospitales y sectores urbanos clave. Los otros trece tenían menor prioridad operativa, aunque seguían siendo necesarios. Los dieciséis a los que se había referido el superintendente eran los más urgentes de atender, técnicamente hablando. Pero ya no hubo espacio para explicaciones. La instrucción fue contundente: restablecer todos.

De aquella sonrisa amigable y luminosa solo quedaba el recuerdo. Su expresión había mutado en enojo, y su mirada, antes curiosa, ahora se clavaba como una orden silenciosa, implacable.

La sala de capacitación, ya de por sí opresiva por el calor y la falta de ventilación, se volvió una olla de presión. El aire parecía espeso, denso, como si todos los pensamientos no dichos se acumularan en el ambiente, saturándolo de incomodidad. Nadie se movía. Nadie osaba siquiera tragar saliva con fuerza. Las miradas, antes atentas al pintarrón o al mapa, ahora se perdían en algún punto neutro, buscando no llamar la atención.

El superintendente, aún con la palabra atorada en la garganta, bajó ligeramente la vista. Su expresión no era de vergüenza, sino de impotencia. La certeza técnica no bastaba cuando se enfrentaba al poder ejercido sin espacio para el diálogo. El mensaje había sido brutalmente claro: aquí no se discutía, se obedecía.

A un lado, Uriel mantenía la compostura con esfuerzo, pero sus ojos se crisparon por un instante. Conocía bien el terreno que pisábamos: una mezcla de crisis operativa y juego político, donde cualquier movimiento mal calculado podía costarte la confianza, o el puesto.

Las mamparas con los mapas colgados parecían testigos mudos del momento. El plumón en mi mano –aún sin usar– comenzaba a sudar tinta por el calor. Me sentía inútil, como si el esfuerzo de haber trazado rutas, definido prioridades, y elaborado informes fuera papel mojado frente a una instrucción unilateral.

El director se había adueñado de la atmósfera con una sola frase. Y su cambio de actitud – de cordial a colérico – dejó al descubierto algo más que autoridad: dejó ver presión, prisa, expectativas que seguramente venían desde mucho más arriba. ¿Lo presionaba el presidente? ¿Tenía que entregar resultados inmediatos, sin importar cómo?

Quizás sí, quizás todos, de una forma u otra, éramos piezas en una coreografía más grande, donde el tiempo político aplastaba la lógica operativa.

Aun así, no podíamos detenernos.

Éramos ingenieros, técnicos, operadores, jefes de cuadrilla. Sabíamos hacer nuestro trabajo. Lo haríamos, incluso en medio del desorden, de las órdenes confusas o contradictorias. Lo haríamos por la gente que estaba sin agua, sin luz, sin certezas.

Pero, en ese instante, el silencio era absoluto.

El director volvió a hablar.

—¿Cuántos hospitales hay?

Alguien respondió con cautela:

—Hay dos del IMSS... uno del ISSSTE.

—¿Es todo? ¿Y los privados? —preguntó el director, impaciente, con el ceño fruncido.

—¿También los privados? —se atrevió a preguntar otro, incrédulo.

Entonces vino el manotazo. Seco. Contundente. Resonó con fuerza sobre la mesa de plástico, haciendo temblar los vasos con agua caliente y los papeles mal colocados.

—¡Me vale madre si son públicos o privados! —bramó, con la voz rota por la furia contenida—. ¡¿Cuántos hospitales y clínicas hay?!

Su mirada se endureció como el concreto, cortante, sin espacio para matices. De nuevo exigió, sin miramientos, que le trajeran a alguien "que sí supiera". La frase se colgó en el aire como un hachazo. No era una pregunta ni una instrucción: era una sentencia de incompetencia hacia quienes teníamos años en el terreno.

Hasta ese momento, nunca – en toda mi experiencia – se había dado apoyo a clínicas particulares. La instrucción operativa y el criterio histórico habían sido claros: el respaldo prioritario era para instituciones públicas. Los recursos, siempre limitados en una emergencia, se destinaban a los hospitales del IMSS, ISSSTE, o del sistema estatal de salud.

Pero esa lógica ya no servía. Lo que estaba en juego no era sólo el restablecimiento eléctrico: era la imagen, el control del mensaje, el resultado político. En ese momento entendí que las reglas habían cambiado. Y que lo técnico quedaba, otra vez, supeditado a lo político.

Uriel, que hasta entonces se había mantenido en silencio, dio un paso adelante. Su rostro mostraba tensión, pero su voz, cuando habló, fue firme y serena, como si buscara restaurar el equilibrio roto segundos antes. Era su forma de ejercer el liderazgo: no por fuerza, sino por control emocional.

—Director —dijo con respeto, pero sin titubeos—, entiendo perfectamente la urgencia. Ya estamos verificando con Protección Civil y la Jurisdicción Sanitaria un listado completo de hospitales, clínicas y unidades médicas, públicas y privadas. En unos minutos lo tendrá en la mesa.

El director lo miró fijamente, con una expresión aún dura, pero sin responder de inmediato.

Hubo un instante de incertidumbre. Todos en la sala parecían contener la respiración, esperando la reacción. El director no respondió de inmediato, pero su expresión comenzó a suavizarse. No sonrió. Tampoco dio su brazo a torcer. Pero bajó la mirada hacia los papeles sobre la mesa y asintió con un leve movimiento de cabeza.

Uriel había logrado lo que pocos: desactivar la bomba sin apagar el motor.

El ambiente seguía tenso, pero ya no era irrespirable. El equipo técnico recuperó ligeramente el foco. Algunos bajaron los hombros. Otros retomaron los apuntes. El orden se había restablecido... al menos por ahora.

Después de ese episodio, cuando el ambiente apenas comenzaba a recuperar algo de equilibrio, el director volvió a tomar la palabra. Su voz cortó el aire como un filo:

—¿Quién es el responsable del aeropuerto?

Uriel no dudó.

—El subgerente de distribución, él —dijo, señalándome.

El director clavó su mirada en mí. Era intensa, inquisitiva. Media. Evaluaba. Sentí el peso de su atención antes siquiera de que pronunciara su pregunta:

—¿En cuánto tiempo va a haber energía en el aeropuerto?

Respondí con lo que sabía. Lo que era técnicamente cierto:

—No hay condiciones para restablecer el servicio en al menos cinco días. Sin embargo, ya viene en camino una planta de generación móvil que instalaremos en las próximas horas.

—¿Cuántas horas exactamente? —insistió, como si la precisión fuera una medida de compromiso, o de valor.

Mi cálculo técnico decía quince. Pero mi experiencia me decía que eso tomaría, en el mejor de los casos, dos días. Evalué el margen, el riesgo, el contexto... y respondí con un número que me pareció aún defendible:

—24 horas.

No reaccionó de inmediato. Solo asintió, como anotando mentalmente una promesa hecha ante testigos.

La reunión terminó con un mensaje tan seco como contundente:

—Ustedes son los responsables de restablecer el servicio eléctrico. Requiero un informe detallado de hospitales y pozos de agua en una hora. Y a usted —dijo, señalándome directamente—, si restablece el servicio en el aeropuerto en menos de 24 horas, recibirá mi reconocimiento. Pero si se tarda más... —chasqueó los dedos frente a todos, sin bajar la mirada— se va de inmediato de la empresa.

El silencio en la sala fue absoluto.

—Nadie puede hacer ningún tipo de declaración a los medios ni a ninguna persona —añadió—. El único autorizado para informar... soy yo.

Y se retiró con todo el personal que lo acompañaba. Las puertas sin vidrios se cerraron detrás de la comitiva.

Los que estábamos presentes no dábamos crédito a lo que acabábamos de escuchar. No era solo el fondo del mensaje, sino las formas. En la historia de los directores de la empresa, nadie –ni Nasca Neri, ni Elías Ayub, ni Francisco Rojas, ni siquiera aquellos con fama de autoritarios– había golpeado mesas, chasqueado los dedos o amenazado de esa manera.

Y, sin embargo, ahí estábamos. Bajo una nueva lógica. Bajo presión máxima. A las prioridades que yo había marcado desde el primer momento –hospitales y pozos de agua– ahora debíamos sumar los albergues y el aeropuerto. La urgencia no era sólo operativa: era política, simbólica, estratégica.

Y teníamos 24 horas para cumplir... o enfrentar las consecuencias.

Salí de la sala con la cabeza llena de cifras, rutas, riesgos y decisiones pendientes. Pero, sobre todo, con una sola idea clavada en el pecho: tenía veinticuatro horas para devolverle la energía al aeropuerto... o me quedaba sin trabajo.

No había espacio para el enojo ni para la incredulidad. Afuera, el sol comenzaba a caer con furia sobre los techos de lámina. El calor era espeso, casi sólido. El aire olía a diésel, sudor y polvo suspendido.

Reuní de inmediato a mi equipo de campo. En menos de diez minutos ya tenía a Feliciano, los jefes de cuadrilla, al personal técnico, al operador logístico de la planta móvil, todos rodeando el cofre caliente de una camioneta como si fuera la última mesa operativa. Les expliqué lo esencial, sin dramatismo:

—Tenemos una planta móvil en camino. En cuanto llegue, va al aeropuerto. Vamos a instalar, conectar y probar en menos de un día. Quiero ahí a los más experimentados, y quiero equipos de apoyo en ruta. No hay margen de error.

Nadie hizo preguntas. Nos conocíamos. Sabían lo que significaba ese tono.

Mientras se organizaban los traslados y los ajustes técnicos, me senté un momento sobre la defensa trasera de una camioneta, apenas unos segundos. No recuerdo haber pensado mucho. Solo respiré hondo. Como si con ese aire pudiera tomar prestado un poco de claridad.

Recordé que este día sería la misa de mi padre, sus cenizas se depositarían en el panteón justo a un lado de su hermano mayor, Pablo.

Ya entrada la noche y de madrugada, regresamos al improvisado hotel. El calor seguía pegado a las paredes, como si Odile lo hubiera dejado impregnado en cada rincón.

Compartía el cuarto con mi tocayo, Felipe. Él, que siempre se había destacado por conocer como pocos el área de La Paz y Los Cabos, dominaba los circuitos eléctricos hacia el aeropuerto como si los tuviera tatuados en la memoria.

—Nunca me había sentido así, tocayo…

—Fue una reunión injusta —le respondí, aún con la tensión a flor de piel.

No supe qué más decir. Solo asentí mientras me quitaba las botas empolvadas y me dejaba caer en la cama contigua.

—¿Cómo vas a lograr lo del aeropuerto? —preguntó, mirándome con una mezcla de preocupación y resignación.

—Con suerte, ingeniería… y sin dormir —respondí, medio en broma, medio en serio.

—Voy a tomar un baño —dijo, levantándose.

—Te alcanza con quinientos mililitros —le contesté, sonriendo apenas.

Después, el silencio. De ese que no incomoda, sino que une. Estábamos cansados, expuestos, al límite.

Habíamos pasado días enteros sin dormir, bajo un calor sofocante y con recursos siempre al límite, pero lo que volvía esa etapa difícil, no era sólo la devastación que teníamos enfrente. Era la suma de todo: la presión política que nos caía encima como un peso imposible de cargar, el reloj corriendo en nuestra contra, la amenaza latente de un nuevo huracán, y el recuerdo fresco de lo que Odile había dejado tras de sí.

Éramos técnicos, sí, pero ahora también éramos piezas de una maquinaria que exigía resultados inmediatos, sin margen para fallar. Esa mezcla de cansancio físico, tensión emocional y responsabilidad absoluta sobre miles de vidas hacía que cada decisión, cada hora y cada cable conectado, se sintiera como una batalla definitiva.

Y así, sin darnos cuenta, estábamos entrando en la etapa más dura de toda la contingencia.

Capítulo VI
Aterrizaje en la oscuridad

El miércoles 17 de septiembre, muy temprano me informaron que el generador destinado al aeropuerto era de un voltaje diferente: 13.2 kV y no 34.5 kV, como lo había acordado con el director. El estrés me golpeó de inmediato solo de pensar en lo que podría suceder.

Logré contactar a una contratista responsable del aeropuerto, Malena, conocida mía. Le pregunté:

—¿Para qué es exactamente la planta que están solicitando?

Malena, con voz cansada pero firme, me respondió:

—Solo para el alumbrado de la pista. Con una planta de 150 kW sería suficiente.

Tuve que tomar una decisión difícil: quitar la planta de emergencia que acabábamos de instalar en un hospital. Era el respaldo del respaldo. Sabía lo que significaba dejar al hospital sin doble seguridad, pero también sabía que, sin esa luz, nadie podría entrar ni salir de Los Cabos. Me sentí como si estuviera jugando a decidir quién debía respirar y quién debía esperar.

La planta quedó instalada y, gracias a ello, los aviones pudieron aterrizar y despegar durante toda la noche. Nadie supo el esfuerzo que implicó que eso funcionara. Nadie. Ni lo que se tuvo que sacrificar, ni los riesgos que corrimos. **A veces, el precio de la esperanza es invisible para quienes llegan con ella.**

No podía imaginar que un piloto, al aterrizar, se detuviera a pensar en quién se quedó sin luz para que él pudiera tocar tierra.

Los apoyos empezaban a llegar por vía marítima, pero a cuentagotas. Las herramientas, los equipos y los vehículos del personal que había arribado por avión aún no llegaban, lo cual retrasaba seriamente los trabajos de recuperación de la red eléctrica.

La estrategia inicial fue clara: restablecer la energía en los dieciséis pozos de agua, prioridad número uno. Eso implicaba reconstruir varios kilómetros de red, lo cual tomaría, al menos, cinco días. Contratistas y personal de apoyo comenzaron los trabajos sin demora. Sin embargo, pronto nos dimos cuenta de que el almacén no sería suficiente. No teníamos ni cerca el material necesario.

En San José llegó por fin el contingente de Tijuana, comandado por Román Medel. Bastaba indicarle su área de trabajo; sabía que él haría lo demás, sin preguntar dónde hospedarse ni dónde comer. Lo conocía muy bien, habíamos estado juntos en Tijuana. Era capaz de resolver sin instrucciones. Con gran experiencia en redes subterráneas, le indiqué que apoyara al aeropuerto.

Tenía más de doscientos correos sin leer en mi bandeja de entrada. Ni siquiera hice el intento de revisarlos. Había cosas mucho más urgentes que atender. Buscamos un lugar que pudiera funcionar como almacén temporal. Encontramos un estadio de béisbol cerca del centro de servicio. El responsable, sin chistar, nos lo facilitó. Ver aquel estadio —antes lleno de risas, de gritos de victoria y olor a comida en las gradas— convertido en un cementerio de postes, cables y herrajes retorcidos me estremeció. La hierba verde se cubría con hierro oxidado, y las tribunas, mudas, parecían testigos de una guerra inesperada. Ese campo, antes refugio de alegrías, sería ahora la bodega de una batalla distinta.

El encargado de darle vida al almacén fue Víctor Olea, a quien desde Mexicali se le había encomendado esa tarea. Él se ocupó de organizarlo, de regularizar el control y dar seguimiento tanto a los ingresos como a las salidas de materiales, nuevos y de chatarra.

Los usuarios estratégicos comenzaban a presionar por plantas de emergencia, pero ya no teníamos. Desde oficinas centrales nos instruyeron para atender a clientes clave: hoteles, gasolineras, antenas de Telcel, bancos, farmacias, supermercados como Walmart, Soriana y Costco. La realidad era que no había nada. La única prioridad era clara: el agua, los hospitales y los albergues.

El área de Generación estaba instalando dos plantas grandes de diésel de 20 MW para abastecer de forma provisional a casi todos los usuarios de Los Cabos. Pero, sin red eléctrica, su impacto era limitado. Coordinamos de cerca con Transmisión para sincronizar esfuerzos.

La comida nos llegaba por avión, enviada desde Culiacán a través de la Marina: tres mil raciones diarias, suficientes para todos los procesos. Una tarea titánica: recogerla y repartirla. Samuel encabezó esa labor, aunque a veces el desayuno llegaba con la comida, la comida con la cena y la cena... al siguiente desayuno. El hambre, al igual que el cansancio, se volvió parte del uniforme.

Finalmente, se instaló una línea telefónica dedicada en el COE. Por fin teníamos una vía de comunicación más estable.

También llegaron cuatro helicópteros, puestos a disposición total de la empresa. Serían clave para realizar sobrevuelos y reconocer las zonas con mayores daños en las líneas. Pero ¿quién volará con ellos? El poco personal que teníamos no conocía la ciudad. los que conocían estaban instalando la red en los pozos y hospitales. Transmisión comenzó a utilizarlos. Fue frustrante ver los helicópteros listos, como aves ansiosas por volar, y no tener manos suficientes para aprovecharlos.

Los apoyos esperados por fin llegaron: un gran contingente de dos divisiones, la Norte y la Noroeste. Camiones, contratistas, grúas, canastillas, plantas de emergencia... una gran cantidad de personal: 660 en total entre ambas divisiones.

De inmediato enviamos al contingente de la Noroeste, comandado por Damián, a hacerse cargo de San Lucas. Por estrategia los enviamos a ellos, ya que contaban con un UCAE, lo cual nos permitiría mantener el enlace con San Lucas y tener redundancia en las comunicaciones.

Los primeros camiones con materiales empezaban a llenar el estadio de béisbol. El personal de apoyo de la División –Ensenada, Mexicali, San Luis– ya se había ubicado en trabajos en Ciudad Constitución; iban avanzados con el restablecimiento de la red, al igual que en La Paz.

Se solicitó mayor apoyo a la zona Tijuana, que envió al responsable de redes secundarias, Juan José Legy, un ingeniero con experiencia en la zona más grande del país. Su equipo se ubicaría en la parte norte de Constitución y de ahí bajaría hasta

Los Cabos para unirse a los demás contingentes. Había más de quince mil acometidas por reparar.

La División Norte, junto con Jalisco, Sureste y Bajío, se establecieron en San José del Cabo, todos ya con sus equipos.

La comida seguía llegando vía aérea, pero ahora éramos más. Se solicitaron cinco mil raciones diarias para el día siguiente, destinadas a personal de Transmisión, Generación y Distribución.

De operativo a informativo

Al COE se sumó la División Sureste, comandada por el ingeniero Amado. Ya pasados los sesenta, canoso, robusto, de bigote negro y de estatura media tirando a baja, tenía consigo una amplia experiencia en huracanes. Me recordaba al actor Joaquín Pardavé: dicharachero, bromista y con mucho humor. Era mal hablado, siempre con ocurrencias; a todos les ponía apodos. Yo nunca supe cómo me apodó a mí.

Uriel me dio la instrucción de pasarle el mando a él. Yo me quedaría a cargo de los reportes diarios. Hice notar mi molestia; ya tenía bien estructurada la estrategia y sabía que todo avanzaba conforme a lo previsto. Tuve que ponerle a mi tocayo Felipe "de sombra", para que me mantuviera al tanto de los avances.

Me quedaba con la sensación de haber sido relegado en medio de la tormenta. No era un asunto de orgullo, sino de compromiso: sentía que me arrancaban de la primera línea cuando más necesitaba estar ahí. Desde ese instante supe que tendría que aprender a tragarme la frustración y seguir, aunque dentro de mí ardiera el coraje de ver mi estrategia en manos de otros.

Se instaló un campamento a un costado del Centro de Servicios. El ingeniero Amado traía consigo todo un equipo de trabajo: subgerentes, jefes de oficina, linieros, administradores, cocineras, meseros... hasta secretaria. Se instalaron refrigeradores, hieleras, estufas; todo un staff necesario para atender la contingencia. Y eso fue solo en San José del Cabo.

En San Lucas se instruyó hacer lo mismo para apoyar a la División Noroeste. El médico de la empresa estaría presente de forma constante en ese punto.

Se empezaron a instalar plantas de emergencia en pozos de agua pequeños; al menos servirían para abastecer a algunas colonias. Las plantas más grandes se asignaron a ciertos hoteles donde se hospedaría el personal. Ese fue el acuerdo al que llegamos con algunos de ellos.

Las órdenes desde lo alto

La reunión con los directores fue más temprano de lo habitual.

Después de que cada área presentó su informe, el Director se dirigió directamente a Distribución:

—Ayer volé a Todos Santos y no hay nadie trabajando. ¿Por qué no hay gente allá?

Su pregunta fue una sacudida para todos.

Uriel respondió con voz contenida: el recurso se concentró en La Paz y Los Cabos, y que en un par de días llegarían más apoyos que serían canalizados a esa zona.

—Quiero personal de inmediato en Todos Santos —ordenó el director con firmeza—. Vendrá nuestro presidente y quiero que vea gente trabajando.

Nadie se atrevió a rebatir. Todos sabíamos que el enfoque estaba en los pozos de agua y los hospitales, pero ahora tendríamos que mover recursos valiosos para atender una visita presidencial. Lo urgente desplazaba a lo importante.

Decidimos trasladar cuadrillas desde La Paz, por cercanía, y reforzarlas con personal de Constitución y de los contingentes que venían del norte. Eso implicaba dejar sin atención algunos poblados ya programados. Y entonces me pregunté: ¿qué era realmente prioritario?

En un helicóptero viajaron el ingeniero Amado, mi tocayo Felipe y Fidel, el superintendente. Sobrevolaron Todos Santos: techos colapsados, árboles arrancados, postes por doquier. El panorama era de total destrucción.

Al poco tiempo, el director llegó al lugar. Se dirigió a Fidel, el superintendente, y le dio instrucciones precisas: debía comunicarle cierta información al director de operaciones.

Pero en Todos Santos no había comunicación de ningún tipo. Fidel acudió al personal del Estado Mayor y les pidió prestado un teléfono satelital. Me llamó de inmediato para darme el recado, que debía entregar personalmente. El director de operaciones seguía en la sala de capacitación, organizando informes. Cumplí con la entrega.

Más tarde, el director volvió con Fidel y, con rostro severo, le preguntó:

—¿Le diste mi mensaje al director de operaciones?

Fidel respondió débilmente:

—Sí, pero no directamente. Le mandé un mensaje, no pude contactarlo...

La reacción fue fulminante. El director se acercó, lo miró fijo, y con el dedo índice le tocó el pecho tres veces:

—La próxima vez que usted no atienda mis instrucciones... se va de la empresa.

Todos los presentes quedamos atónitos. El silencio fue denso, incómodo.

Luego de la revisión en campo, el ingeniero Amado dejó a mi tocayo en Todos Santos con la encomienda de recibir a la comitiva presidencial. Regresó volando junto con el superintendente. En un segundo helicóptero viajaron el director con su equipo: Uriel, el de Comunicación Social y otros más, para recibir a la comitiva del presidente en La Paz.

A Felipe, mi tocayo, no lo volví a ver hasta que terminó la contingencia.

Se quedó sin ropa, sin maleta, sin nada. Tres días después pudimos hacerle llegar su equipaje.

La visita del presidente se convirtió en un nuevo epicentro operativo. El pueblo de Todos Santos, con daños considerables, pero sin prioridad inmediata en la estrategia técnica, fue repentinamente catapultado a primer plano. El motivo: debía haber personal trabajando cuando el helicóptero presidencial sobrevolara la zona.

Y así, recursos limitados –materiales, humanos y logísticos– tuvieron que ser redistribuidos para atender una necesidad simbólica más que funcional. Esa mañana aprendimos que, en contingencias de esa magnitud, la presión no sólo llega de los cables rotos y los postes caídos… también viene desde muy arriba, en forma de órdenes, expectativas y silencios que no permitían objeción.

Terminó el día. Ya eran las dos de la mañana. Me trasladé a supervisar los avances del personal que aún seguía trabajando, instalando postes. Me encontré con Xavier, el responsable de la División Norte. Un hombre con gran compromiso hacia la empresa y hacia los usuarios. No había descansado en todo el día. Me dijo, sonriendo con resignación:

—Hasta mañana...

Pero ya era mañana.

Regresé al hotel. De nuevo esa oscuridad espesa. Ahora se habían sumado muchas más barricadas. Todo parecía envuelto en una niebla de penumbras. Algunos reflectores alumbraban los puntos de trabajo, pero la ciudad entera se sentía sin vida.

El calor húmedo seguía presente en la noche. El cuarto, igual que siempre: sin ventanas, sin luz, sin agua. La rutina ya era parte de mí. Un baño improvisado con una botella de quinientos mililitros.

El agotamiento me empezaba a pesar como una losa. Y con él, los pensamientos: mi esposa, mi hijo, mi madre, mis hermanas... Me los imaginaba en silencio, quizá mi madre rezando noche a noche pidiendo que todo estuviera bien; mi esposa ocultando sus miedos detrás de una voz firme, y mi hijo preguntando por mí sin entender del todo por qué estaba ausente. Esa distancia dolía más que el cansancio.

Ese día terminé con la sensación de que, aunque los apoyos ya estaban en tierra, la verdadera batalla apenas comenzaba. Teníamos más manos, más camiones, más materiales... pero también más bocas que alimentar, más expectativas que cumplir y más decisiones que tomar. El peso no disminuía, solo cambiaba de forma. En medio del caos, intentaba convencerme de que estábamos listos, de que con todo ese contingente el ritmo cambiaría. Las noches eran largas aún, los días muy cortos, y la sombra del siguiente huracán, Polo, se cernía sobre nosotros.

Me preguntaba si realmente podríamos reconstruir antes de que la naturaleza volviera a ponernos a prueba. Era un aterrizaje en la oscuridad... y todavía no sabíamos si habría pista suficiente para seguir avanzando.

Por fin, la noche cedió.

Capítulo VII
Amanecer sin luz

Polo ya era huracán, y su sombra oscura se cernía sobre la península. Las marejadas rugían en el mar, olas gigantes chocando entre sí, mientras un aire húmedo y pegajoso nos abrazaba con la promesa de lo que vendría. El olor a pescado y a sal mezclado con el polvo flotaba en cada calle. La ciudad dormía herida.

Mientras caminaba entre el caos, observaba a mi equipo: Feliciano marcaba rutas sobre mapas arrugados, tratando de anticipar cada movimiento; Samuel repartía raciones de comida mientras la fatiga le pesaba en los hombros. Todos, como yo, sentíamos que cada segundo contaba, que cada error podía ser irreversible.

Pensé en mi esposa y en mi hijo, y una punzada de culpa se me clavó en el pecho. Cada mensaje de apoyo que imaginaba desde casa se mezclaba con la presión del presente, con los gritos de linieros, el estruendo de grúas, y el zumbido constante de generadores improvisados.

A cada paso, el trabajo era una coreografía imposible: plantas encendidas aquí, postes levantados allá, cables que debían reconectarse con precisión mientras el suelo vibraba bajo nuestros pies. Cada pequeño triunfo se sentía como un milagro: una luz que se encendía en un hospital, un kilómetro de red restaurado, una bomba de agua que volvía a girar. Pero la sombra de Polo lo cubría todo, recordándonos que cualquier logro podía borrarse en un instante.

El agotamiento comenzaba a transformarse en un dolor físico que dolía incluso en los huesos. Mi mente se negaba a ceder: cada decisión, cada cálculo, cada instrucción debía ser perfecta. Pensé en mis compañeros que, como yo, apenas habían dormido; que habían sacrificado comida, descanso y familia para sostener la ciudad en pie. Sus rostros, sudorosos y concentrados se grababan en mi memoria con la claridad de quien sabe que el tiempo no perdona.

Y mientras el sol intentaba colarse entre nubes grises, sentí un escalofrío: no era solo Polo, no era solo la tormenta. Era la suma de todo lo que dependía de nosotros: vidas humanas, hospitales sin luz, agua que no llegaba, familias que nos miraban desde la distancia, esperando que algo funcionara.

Cada cable conectado, cada ración entregada, cada poste erguido, era un acto de fe, de resistencia, de amor silencioso por la ciudad y por quienes no podían hacer nada por sí mismos.

Respiré hondo, llenando mis pulmones del aire pesado y salado. Mi corazón latía a mil por hora, y en ese latido sentí la certeza de que nada nos daría tregua. Ni el cansancio, ni el miedo, ni la incertidumbre. La verdadera era sostenernos como equipo, como familia improvisada, en la penumbra que nos rodeaba, y hacer que la ciudad siguiera viva, aunque fuera un hilo de luz en la oscuridad.

Los reportes

Para el jueves 18 de septiembre, los reportes debían estar listos a las cinco de la mañana para entregarlos a Uriel y al director de Operaciones. Así transcurrieron el resto de los días de la contingencia. Mis jornadas no terminaban antes de las dos de la mañana; el cansancio se acumulaba como un peso invisible sobre mis hombros, pero a pesar de ello, cada jornada nos levantábamos convencidos de que había que avanzar, aunque fuera un paso a la vez.

Llevábamos tres días y ya habíamos restablecido la mitad de la red hacia los pozos, pero aún sin luz. La presión social comenzaba a sentirse: algunas pipas repartían agua en las colonias, y nos costaba ver rostros agradecidos sin que un hilo de culpa nos atravesara por no poder hacer más.

Uriel me encargó concentrar todos los reportes de Constitución, La Paz y Los Cabos. Para esa fecha, ya se habían contabilizado más de dos mil postes dañados. El restablecimiento eléctrico avanzaba en el norte, en Constitución y La Paz, aunque aún quedaban numerosos usuarios sin reconectar, y cada minuto de oscuridad parecía pesar sobre la ciudad como un recordatorio de nuestra impotencia.

Al COE llegó Murrieta, el Coordinador de Distribución. Un hombre imponente, de más de 1.90 metros, robusto, con barba cerrada y un carácter firme. Su mirada directa no dejaba espacio para titubeos. Venía acompañado de más de quince ingenieros. Todo debía quedar documentado en el sistema institucional de contingencias, sin excepciones. Los ingenieros se encargarían de ello con precisión militar.

Le di un recorrido por la zona de contingencia. Se mostró sorprendido. Al regresar al COE, pidió más materiales y mayor apoyo desde Nacionales. Ordenó que todos los subgerentes de cada especialidad, de todas las divisiones, se presentaran en Los Cabos. Además, solicitó algo inédito: todas las plantas de emergencia a nivel nacional. Todas.

Al final, sumaron más de 460. Para operarlas, necesitaríamos más personal. Murrieta indicó que se instalaran en colonias y puntos estratégicos. Las plantas debían llegar a más tardar al día siguiente. La logística era monumental y el desafío parecía crecer con cada instrucción recibida.

Mientras tanto, el área de Generación terminaba de instalar las plantas turbojet a diésel de 20 MW. Estaban en pruebas. Pronto, podríamos contar con energía provisional. Aun así, cada instante de espera era un recordatorio del poder que tiene la oscuridad sobre quienes dependen de nosotros.

La política de la imagen

Continuaban las reuniones de dirección. Cada área exponía su estrategia: Generación, Transmisión, Distribución, Construcción y Abastos. CENACE reunía la información crítica para coordinar el "arranque negro" de las plantas termoeléctricas. Pero había un problema fundamental: no teníamos líneas de transmisión activas. Todo dependía de unas pocas plantas turbojet.

Las reuniones con el director se convirtieron en un ritual de tensión. Llegaba con su sonrisa sarcástica, mirada afilada como un bisturí, buscando al primero que titubeara. Cada gesto suyo era un ataque sutil: una ceja levantada, un silencio prolongado, un movimiento de cabeza que parecía medir nuestra alma. Cuando se ensañó con el gerente de Transmisión, bajándole la mirada y humillándolo frente a todos, quedó claro que nadie estaba a salvo de su escrutinio.

Después, su mirada recorrió la sala como un cuchillo que cortaba el aire, deteniéndose con fuerza sobre cada uno de nosotros. El silencio era absoluto; solo el sonido de nuestra respiración marcaba el ritmo de la sala.

—¿Por qué hay postes tirados por todos lados?

Uriel me buscó con la mirada. Un gesto bastó para cederme la palabra. Respondí, directo:

—La prioridad es restablecer primero, recoger después. Aun así, tenemos contratistas levantando chatarra de las calles.

—¿Dónde la están depositando? —replicó, con voz cargada de escepticismo.

—En el almacén del estadio —respondí.

Hubo un instante de pausa. Algunos de nosotros contuvimos la respiración; otros apenas lograban contener la risa ante la idea de que, en medio del caos, todo aquello pareciera un desfile de inspección. El director, con tenis, sin botas, violaba toda norma de seguridad. Era tan absurdo que, por un segundo, parecía que revisaba obras como si fuera de paseo por la playa. Al final, todos sabíamos que sobrevivir a sus miradas requería algo más que estrategia: un poco de paciencia, mucho nervio y la habilidad de mantener el rostro serio.

El aire permanecía pesado, pero entre la tensión y el disparate surgía un ligero alivio: esa mezcla de miedo y humor, que solo quienes lo vivíamos podíamos entender, se convirtió en nuestra forma silenciosa de resistencia.

No dijo nada más, pero su silencio pesaba más que cualquier reproche. Podía sentir cómo la tensión me recorría como un escalofrío. Cada segundo de espera parecía dilatarse en la sala, y el peso de la responsabilidad me oprimía el pecho, recordándome que cada error era visible y cada detalle, juzgado.

—Vamos al almacén en este momento, quiero verlo con mis propios ojos —ordenó finalmente.

Formamos la comitiva y nos dirigimos al estadio de béisbol. Al llegar, un tumulto inmenso de postes, cables, transformadores y material eléctrico apilado nos recibió. Caminaba entre ellos con paso firme y mirada de acero, evaluando cada detalle como si pudiera leer la intención detrás de cada movimiento.

El aire estaba cargado, denso; el crujir de la madera y el metal bajo el peso de los postes sonaba ensordecedor. Pude sentir cómo se me encogía el estómago ante la presión silenciosa, un recordatorio brutal de que no bastaba con hacer bien el trabajo: también había que sobrevivir a la mirada de juicio.

No hizo comentarios. Solo volteó hacia Uriel y dijo:

—No quiero ver más postes tirados en las calles.

Fue suficiente. La orden no era solo literal; era un recordatorio de que, incluso entre victorias y avances, cada error podía ser una sentencia.

Cambio de mando

Al regresar, Uriel nos reunió con premura. Su tono fue seco, cortante, como un filo en la piel:

—Vamos a hacer cambios. Fidel, el superintendente, pasará a apoyar la medición, redes secundarias y acometidas. Su lugar lo tomará Sergio Fierro. Conoce Los Cabos, tiene contactos con el municipio y puede conseguir los apoyos que necesitamos.

Y agregó, con una mezcla de advertencia y resignación que pesaba en la sala:

—Además, él maneja la Suburban del director. El chofer anterior no conocía ni las calles, y eso lo molestaba más que cualquier reporte.

Luego nos miró a todos. Su mirada era un látigo silencioso que recorría cada rostro:

—Si el director agarra a alguien mal parado, lo va a correr. Y yo no los voy a defender.

El silencio se volvió absoluto y casi tangible, como si el aire mismo se hubiera espesado. Nos mirábamos sin pronunciar palabra, y una pregunta sin respuesta flotaba en el ambiente:

¿Quién sería el siguiente?

Sentí cómo un nudo me apretaba en cada respiración. Cada mirada, cada movimiento, cada silencio parecían amplificados por un eco inaudible de juicio y crítica. La sensación de vulnerabilidad, de estar al borde del error, me recorrió como un frío que no cesa. En ese instante comprendí que la emergencia no medía solo habilidades técnicas: ponía a prueba nuestra resistencia emocional, nuestro temple frente a la presión más brutal.

La planta incómoda

Recopilar la información de todas las zonas fue una labor extenuante. Tuvimos que elaborar un reporte detallado de cada planta de emergencia instalada: capacidad, voltaje, domicilio, zona y operador. Todo era necesario para organizar la logística del suministro de combustible. Manuel Romero, el encargado de las plantas, me enviaba la información conforme la recababa.

Y entonces llegó una sorpresa contundente.

Entre los datos apareció una planta instalada en un complejo residencial exclusivo de La Paz, justo en el fraccionamiento donde vivía el director. Ni siquiera la residencia del gobernador, Marcos Covarrubias, había sido equipada con una planta. Él jamás solicitó apoyo, a pesar de la magnitud de la contingencia.

Una paradoja inevitable: exigencia absoluta en donde no había nada... y comodidad absoluta donde lo había todo.

Sentado frente a la hoja de cálculo, sentí un nudo en la garganta. Cada número, cada domicilio, cada planta en operación o fuera de servicio era un recordatorio de lo que dependía de nosotros... y de lo que se negaba a ponerse al servicio de todos.

La contradicción era dolorosa: mientras nosotros luchábamos contra el cansancio, el calor y la desesperación de la gente, una planta perfecta permanecía silenciosa tras muros seguros, inaccesible a quienes más la necesitaban. Por un instante, quise gritar, pero sólo pude apretar los puños y mirar la pantalla.

Esa impotencia, esa injusticia tangible, se convirtió en un motor más, frío y urgente: si nadie más usase esa energía, nosotros tendríamos que multiplicar la nuestra.

Por su parte, Sergio se encargó de guiar en adelante la comitiva del director. Nada sencillo: tenía que cargar con un kit de accesorios y souvenirs. Una hielera con aguas, bebidas azucaradas y sin azúcar, pero sin hielo... otra igual, pero con hielo; además de nueces de la India, enjuague bucal y *wipes*, entre otras cosas.

Cuando nos enteramos de todo lo que tenía que abastecer a diario, no podíamos evitar reírnos. "¿A poco el director ocupa wipes para limpiarse las manos?", decíamos. Y casi en coro rematábamos: "¡Nombre, es para limpiarse el culo, es de los que le gusta oler a flores!". Entonces soltábamos la carcajada.

Los informes

Eran cerca de las 2 de la madrugada del viernes 19 de septiembre cuando la reunión con Murrieta se tornó tensa, entre gritos y alzadas de voz. Los números no cuadraban: postes, circuitos, transformadores, usuarios, personal. Quince ingenieros trabajaban a destajo en el sistema tratando de ajustar los informes. La sesión se prolongó hasta las cuatro de la mañana. Murrieta me pidió que lo llevara a descansar; lo hospedé en un hotel cerca de San Lucas. El trayecto duró más de cuarenta minutos. El cansancio me vencía mientras él lograba echar un "coyotito". Sus instrucciones fueron claras: nadie se movería hasta que los números cuadraran.

Regresé a San José para preparar el reporte de las seis. Esa noche no hubo ni un minuto de descanso, ni higiene.

El informe que entregué a Uriel contenía errores. Las sumas no coincidían entre zonas. Se molestó y exigió la corrección inmediata. Me citó en un hotel donde desayunaban los directivos. Pensé que el cansancio me había jugado en contra, que quizá no había revisado bien las fórmulas. Regresé a la oficina; mis apoyos estaban agotados, así que les pedí que descansaran cuatro horas y asumí la responsabilidad de quedarme al frente. Corregí la información y volví con Uriel. Mientras los directivos desayunaban, hojeaban los reportes, preguntando solo de rutina:

—¿Para cuándo restableceremos el servicio? ¿Cuándo normalizaremos?

Nadie preguntó si yo había desayunado. Mucho menos si había dormido.

La noche y sus desvelos parecían haberse incrustado en mi cuerpo. Me sentí invisible, un engranaje que giraba sin descanso, atrapado entre cifras, decisiones y la soledad de quien carga sobre sí el peso de cientos de familias esperando luz y agua, mientras el reloj avanzaba inexorable y el mundo seguía girando, indiferente a mi agotamiento.

Trabajos inagotables

Las primeras pruebas de las turbojet no fueron exitosas. Las plantas arrancaban y se apagaban. Generación decía que era por falta de carga. En la reunión con el Director nos exhibieron:

—Ya están conectadas, pero no hay red. La carga no supera los 500 kW.

Los avances en los pozos eran significativos. Xavier y su equipo no paraban; se organizaban en turnos de hasta 16 horas. Por la tarde lograron energizar los pozos principales, lo que permitió que al menos un tercio de la población comenzará a recibir agua. Ya estaban operando doce pozos, pero aún faltaban trece más.

En San Lucas, Damián también tenía una misión crítica: alimentar los pozos y una planta tratadora de agua que había quedado destruida por el huracán. Esta se abastecía con energía de 115 kV, por lo que la esperanza era energizar las plantas de generación locales para devolverles la vida. En coordinación con Transmisión y Construcción, comenzaron a instalar una red de subtransmisión provisional. Era un trabajo titánico, que tomaría al menos ocho días.

Mientras tanto, las plantas turbojet seguían fallando –de tres a cuatro veces por día-, provocando apagones constantes incluso en las zonas ya restablecidas. Era como si quisieran arrancar, girar un momento y luego morir, como un motor sin gasolina que se niega a cobrar vida. Menos del 5% de San José tenía energía, y en San Lucas el panorama era aún más desolador: apenas un 3%. Cada vez que se iba la luz, también se iba el agua, y el cansancio acumulado se sentía como un peso imposible de levantar.

Mi bandeja de entrada reventaba: más de 800 correos. Los dejé cerrados. En videoconferencia, Nacionales me informó que toda la información de personal y materiales la habían enviado por correo. Una locura. Como si el correo pudiera levantar postes o energizar pozos. Me obligaron a escarbar entre ese mar de datos para encontrar los detalles de cada división. Todo eso lo necesitaban los ingenieros para alimentar el sistema, como si de un monstruo voraz se tratara de que devoraba correos y escupía resultados.

El cuerpo dolía, la mente ardía, y cada minuto parecía un desafío: tomar decisiones mientras la ciudad se apagaba, mientras los usuarios esperaban agua y luz, y mientras las plantas turbojet parecían burlarse de nosotros, arrancando solo para rendirse al instante. Era un recordatorio cruel de que no todo dependía de la planificación; algunas batallas solo se ganan con resistencia y un toque de locura.

La llegada sin tregua

Siguió llegando personal por aire y por mar. La avalancha no se detenía. Con ellos llegaban los apoyos logísticos: agua, alimentos, sueros. Algunos fueron enviados a San Lucas, otros a La Paz. Pero sabíamos que no todos alcanzarían comida. La distribución era un caos de voluntades y rutas improvisadas. El personal se movía como fantasmas exhaustos que atravesaban un paisaje devastado, esquivando postes caídos y árboles arrancados, cada paso una prueba de resistencia.

No había suficientes manos para orientarlos, ni planos impresos para ubicarlos. Solo recibían instrucciones generales y un bosquejo rudimentario para llegar a su destino. Aun así, lo hicieron funcionar. Se adaptaron a fuerza de voluntad más que de estrategia, y cada pequeña victoria, cada ración de agua distribuida, parecía un milagro en medio del desastre.

A cada grupo que llegaba se le exigía improvisar un responsable logístico: alguien que buscara comida donde ya no quedaba, que preparara lo que pudiera con lo que encontraba, que asegurara al menos un sorbo de agua y una ración mínima para que el equipo no se quebrara. Cada sorbo, cada bocado, era un recordatorio de que el cansancio era humano, pero la obligación era infinita.

Los hoteles estaban colapsados. Muchos dormían en vehículos, en banquetas, en cualquier rincón que no ardiera bajo el sol. Sin duchas, sin baños, sin sombra. Por eso, más de un grupo optaba por seguir trabajando más de 24 horas seguidas. Detenerse era rendirse ante la oscuridad.

Al contingente se integró Oscar Ortega, un ingeniero curtido, de amplia trayectoria, responsable de la modernización del Centro Histórico de la Ciudad de México en 2012. Su experiencia nos dio aire. Sabía cómo coordinar, cómo calmar, cómo mover al personal aun en medio del caos. Cada palabra suya era un bálsamo, cada paso firme un recordatorio de que aún había luz donde parecía no haberla.

Las reuniones diarias con el ingeniero Amado y Murrieta eran rituales de supervivencia. Planeábamos a contrarreloj la recuperación del sistema de distribución en Los Cabos. Acondicionamos un centro de operación que pudiera funcionar con seguridad mientras el riesgo latente nos acechaba. Cada maniobra mal calculada podía costar vidas. Instalamos filtros de información, operadores que sirvieran de enlace, y finalmente, las comunicaciones empezaron a responder: radio, extensiones, teléfono. No era suficiente, pero era un hilo que nos mantenía conectados con la ciudad que aún respiraba, con los que esperaban nuestra ayuda.

Establecimos turnos de 24 horas: uno por la noche, dos por el día. No había margen para menos. Las licencias se saturaron de inmediato. Las horas pico eran entre las 8 de la mañana y las 9 de la noche; prácticamente todo el día los enlaces estaban saturados. Todo se registraba en hojas Excel, un control frío que apenas contenía el calor humano que se esparcía por la ciudad herida.

A la operación se sumaron dos helicópteros más. A cada ingeniero que llegaba se le instruía con firmeza: reportes diarios, avances precisos, entregados antes de las diez de la noche. Yo era el responsable de integrarlos. Me tomaba cerca de cuatro horas armarlos. Cuatro horas más de vigilia, de presión, de alerta. Cada minuto sin información era un golpe al estómago, un recordatorio de que la ciudad seguía sin luz, sin agua... y que nosotros éramos los hilos que la mantenían conectada a la vida.

El cansancio empezaba a perforar los huesos y la mente. Sentía cómo los párpados pesaban, cómo el corazón latía con fuerza ante cada nuevo reporte, cada alarma, cada error que debía corregir

Podía escuchar el zumbido de la electricidad, los motores que querían arrancar y no podían, el murmullo constante del viento entre postes rotos y cables caídos. Cada segundo era un recordatorio de que, aunque pareciera imposible, aún teníamos que mantenernos de pie, porque la ciudad entera dependía de nuestra resistencia, y rendirse no era una opción.

El reporte especial

Uriel me pidió una presentación especial: el director quería saber cuándo estaría todo restablecido. Llevábamos cerca de 3,500 postes contabilizados y la cifra seguía creciendo. El avance en inspección de Los Cabos era de apenas el 40%. Muchos sitios seguían siendo inaccesibles. Los ingenieros foráneos no conocían la ciudad y se perdían incluso en helicóptero. Tenían que ir en carro. Solo así funcionaba.

Terminé el reporte, pero la presentación no quedaba. Me dieron las seis de la mañana y ni cuenta me di. Entregué tarde. Llegué al hotel a las siete, pero Uriel y el Director de Operación ya no estaban. No respondían el celular. Fui a buscarlos donde solían desayunar. Ahí estaban. Uriel estaba molesto –no toleraba impuntualidades-, le entregué lo solicitado: reporte habitual y presentación impresa.

Afuera, reporteros merodeaban las oficinas buscando entrevistas. Veían brigadas por todos lados. Más que la Marina, más que Protección Civil. Pero la instrucción del Director era tajante:

—¡Nadie da entrevistas más que yo!

Los despachábamos sin réplica.

Al mediodía, justo una hora antes de la reunión con el director, nos pusimos de acuerdo Murrieta, el ingeniero Amado y yo para definir el plan de restablecimiento. Mi experiencia me decía que saldríamos hasta el 5 de octubre. Tanto Murrieta como Amado insistían en que era mucho tiempo. Les comenté que aún faltaba revisar el 60% de la red y que seguramente superaríamos los seis mil postes dañados. Aun así, se aferraron a que podía lograrse con el ejército de trabajadores que ya habían llegado.

Yo no me convencí. El plan lo fijaron para el 30 de septiembre.

—El personal se cansa cuando trabaja 16 horas diarias —les dije—. Después de tres días, el rendimiento se desploma y el riesgo de accidentes aumenta si no descansan.

—Si tienen que trabajar de más, que trabajen —respondió Murrieta—. Pero esa fecha es el compromiso.

Y así quedó.

En la reunión estaban todos los directivos de la empresa: Transmisión, Distribución, Generación, Construcción, Abastecimiento, CENACE, hasta Seguridad Física. Cada proceso presentó su plan de recuperación. Los informes eran detallados y creíbles. Transmisión, por ejemplo, estimaba concluir hasta noviembre.

Para ese momento, a nivel estatal ya se contaban con dos líneas de 230 kV restablecidas, dos pendientes, trece de 115 kV recuperadas y veinticinco aún sin servicio. La termoeléctrica de Punta Prieta en La Paz ya estaba funcionando, lo que mejoraba el panorama.

Cuando tocó el turno a Distribución, a pesar de que la coordinación se le había asignado al ingeniero Amado, a mí me tocó exponer. Presenté el estado general: 56% restablecido. Todo el norte ya estaba de pie –Constitución, Loreto, hasta Santa Rosalía-, por lo que el plan se enfocaba en Los Cabos, separado por agencia: San Lucas y San José. Empecé con San José, subestación por subestación, punto por punto.

Al llegar a la parte donde mencioné que tendríamos condiciones normales para el 30 de septiembre, en el fondo se escuchó a Uriel decirle al director:

—Pero puede quedar antes.

Fue como arrojar gasolina al fuego. El director volteó hacia mí, golpeó la mesa con violencia y gritó:

—¡Usted no sabe nada de lo que está hablando! Si puede quedar antes, entonces, ¿cuál es la fecha?

De inmediato, y sin flaquear, respondí:

—30 de septiembre.

El ingeniero Amado repitió lo dicho por Uriel:

—Pero puede quedar en menos.

Más gasolina. Otro manotazo en la mesa.

—¡Usted no sabe nada de distribución! —rugió el Director, frente a todos, con el aula llena—. ¡Tráiganme a uno que sí sepa! ¡Sálgase de la reunión!

En ese instante sentí cómo se me derrumbaba el mundo. La voz del director resonaba como un trueno, cada palabra un martillazo que desgarraba no solo mi trabajo, sino mi dignidad. La sala se convirtió en un tribunal, y yo, en un condenado público. Años de esfuerzo, noches sin dormir, sacrificios personales, parecían esfumarse en ese regaño despiadado. Fue una ejecución sin sangre, pero con la misma crueldad

Pensé: *Alguien quiere quedar bien con el director, aunque sepa que el trabajo lleva un proceso. Ni con el doble de gente se lograría antes del 30.*

Hasta Murrieta sintió el golpe, pero no hizo nada. El silencio se volvió insoportable. Solo quedó la voz del director llenando la sala.

Me levanté y caminé hacia la salida con oprobio, como si avanzara hacia el patíbulo, bajo la mirada del verdugo y su sonrisa irónica de triunfo.

Entre los asistentes, algunas miradas se perdieron en el suelo, otras se clavaron en mí con incomodidad, pero nadie dijo nada. Iba rojo de pena, como si llevara un letrero de derrota en la frente. Sentía que mi liderazgo, forjado con esfuerzo y horas interminables, había sido pisoteado en segundos frente a todos. Cada paso hacia la salida pesaba como si arrastrara no solo mi cansancio, sino también la humillación de haber quedado marcado como el chivo expiatorio.

Recordé entonces aquella frase de Edmund Burke: "Hay un límite a partir del cual la tolerancia deja de ser virtud". Ese límite, en carne propia, acababa de alcanzarlo. Callar ante la humillación ya no era fortaleza, sino una forma de claudicar. Al terminar la reunión, nadie se acercó a hablarme. Solo me pidieron rehacer el plan con "otros" datos.

¿Pero cuáles? La información ya estaba ajustada.

Molesto, enfrenté al ingeniero Amado:

—Eso no fue lo que acordamos.

—Sí se puede hacer —respondió.

—Pero no lo hubieran dicho delante del director. ¿Por qué me quemaron? Además, difícilmente saldremos el 30.

Humillado, cabizbajo, sin dormir y casi sin comer, me senté a rehacer el plan.

Me sentí censurado.

—Solo díganme la fecha, porque no estoy de acuerdo con la propuesta.

El avance en Los Cabos era del 5% y querían 25% para el día siguiente. Una locura. Por más personal que tuviéramos, el restablecimiento llevaba su tiempo. Y nadie podía acelerarlo con un decreto.

No me respondieron.

La Luz de noche

Esa misma tarde nos informaron que llegarían 60 lámparas con motores de gasolina para trabajar de noche. Llegarían directo al aeropuerto y había que ir por ellas. El director exigió que se instalaran como alumbrado público, no para el personal. Esa noche volaría en el helicóptero y quería verlas funcionando.

La movilización fue inmediata. Las lámparas llegaron al almacén y debían instalarse en menos de dos horas. La sorpresa fue amarga: venían desarmadas. Las llantas, por un lado, los arrancadores y controles por otro. Nadie se atrevía a decirle al director que armarlas, purgarlas y probarlas llevaría más de dos horas.

El ingeniero Amado empezó a subirlas a pick-ups y camiones con plataforma, así, sin llantas.

—Si no las instalamos, el director nos va a colgar de los huevos —dijo con resignación.

Solo se lograron instalar cinco. Sin llantas. Mal funcionando. Pero prendieron.

Dos horas después, el helicóptero pasó. Dio varias vueltas sobre las lámparas.

Y yo me pregunté:

"¿En qué momento dejamos de trabajar para los usuarios?"

Habíamos tenido que desviar a cinco grupos de trabajo durante dos horas para montar un espectáculo.

Esa noche ya no supe si lo que sentía era enojo, tristeza o simple agotamiento. Solo sabía que algo se había roto.

No en la red. En nosotros.

Ya no teníamos claro si trabajábamos por restablecer el servicio, por ayudar a la gente, o por cumplir los caprichos de un director que medía el éxito en lámparas encendidas desde un helicóptero. Nos convertimos en comparsa de una puesta en escena. Y mientras tanto, allá afuera, miles seguían sin agua, sin luz, sin información.

Ahí comprendí que no todos los apagones se veían. Algunos pasan por dentro.

Esa noche, dentro de mí, también se fue la luz. No éramos héroes. Éramos carne de cañón, piezas de un engranaje que exigía resultados, aunque costaran la salud, el sueño o la dignidad. El sistema no dormía, pero nosotros tampoco. Y mientras algunos desayunaban en hoteles con servilletas de tela, otros hacíamos cuentas a mano, nos bañábamos con medio litro de agua y apagábamos fuegos que no habíamos provocado, cumpliendo órdenes absurdas con los dientes apretados.

No había espacio para errores. Ni para descansar. Ni para quejas. Solo avanzar, con los ojos rojos, las manos sucias y la conciencia rota.

Capitulo VIII
Más allá de la contingencia

El eco de la humillación en la reunión anterior aún resonaba en mi mente, pero no había tiempo para lamentos. La contingencia no daba tregua. A pesar del golpe al orgullo, continué trabajando de manera profesional. Cada nuevo dato, cada reporte, era un recordatorio de que el compromiso era con la gente, no con los aplausos. Mientras repetía mentalmente aquella frase seca y tajante –"sálgase"-, el sistema colapsado seguía exigiendo decisiones firmes, pasos certeros y una mente fría bajo presión.

Sergio, atrapado en la comitiva del director, era testigo de la furia concentrada de aquel hombre: regaños cortantes a secretarios, directivos y personal del Estado Mayor, todos bajo la misma mecha corta que podía encenderse en cualquier momento. Nadie estaba a salvo; cualquiera podía ser la próxima víctima de su mirada filosa.

Cada tarde, mientras el sol caía, debía guiar el helicóptero para que el director tomara fotografías de Los Cabos. La ciudad se extendía debajo, destrozada, con solo unas pocas luces parpadeando entre escombros. Todo debía ser exacto. Cada maniobra, cada giro, cada segundo contaba. Me imaginé los gritos, las órdenes y el sudor que corría por su frente. Allí arriba, en medio del viento y del ruido de las aspas del helicóptero, se estaba trabajando al límite, donde un error podía ser visible, y el mundo seguía exigiendo que todo siguiera encendido.

Pensando en la reconstrucción

Los reportes seguían aumentando. Ya superábamos los cinco mil postes y más de 500 transformadores dañados. Para el 20 de septiembre, el avance era mínimo.

Hicimos un recorrido con el ingeniero Amado y con Murrieta. Supervisamos los trabajos en San Lucas, donde la División Noroeste, comandada por Damián, llevaba el control del restablecimiento. Estaban bien organizados, con planos y diagramas marcados en el COE, cada avance era señalado con plumones de colores. Me dio confianza ver que trabajaban con seriedad y que los datos eran genuinos. Coincidimos en que el restablecimiento ocurriría los primeros días de octubre, pero decidí no comentarlo con los demás.

—Sigamos trabajando y dándoles descanso a los muchachos —les dije, refiriéndome al personal de campo—. Turnos de 12 a 16 horas y luego descanso. Igual para los ingenieros.

El personal estaba bien atendido; se había instalado en unos campos de futbol en las afueras de San Lucas.

Durante el trayecto entre San José y San Lucas, era impresionante ver a nuestra gente trabajando. Paramos varias veces para saludarlos. Necesitaban reconocimiento, una palmada en el hombro. Se la estaban rifando. El amor a la camiseta se sentía y se veía. Había miradas cansadas, pero también orgullosas, como si en cada poste levantado sostuvieran no sólo cables, sino la esperanza de una ciudad entera.

En el camino de regreso, los tres comentamos que pronto vendría una etapa aún más compleja: la reconstrucción. Todo el trabajo realizado hasta ese día era provisional, una solución de emergencia. Pero lo que estaba quedando debía rehacerse con calidad y visión a largo plazo.

—Será una labor de más de seis meses —afirmé.

Murrieta me miró y dijo con firmeza:

—Te mandaré todo un staff de veinte ingenieros para que hagan un levantamiento completo. Vamos a proponer hacerlo todo subterráneo. Yo veré con el corporativo de dónde sacamos el recurso.

Una idea genial, sí... pero costosa, compleja que necesitaba tiempo. Sin embargo, realmente necesaria.

Por su parte, el ingeniero Amado hablaba de un sistema nuevo para tirar líneas sin cargar tanto peso sobre los postes, para evitar que se vinieran abajo. También era una buena idea, pero le señalé que implicaría varios retos técnicos a la hora de su instalación.

—Se resolverán —fue su respuesta, directa y sin rodeos.

Mientras el helicóptero del director seguía sobrevolando en busca de imágenes para su narrativa, nosotros ya pensábamos en lo que vendría después: la reconstrucción. Porque lo que habíamos hecho hasta ahora era apenas un esfuerzo por reconectar la vida. Lo que seguía era aún más complejo: hacerlo bien, hacerlo duradero.

La visión de un sistema subterráneo, el diseño de postes más resistentes, el despliegue de ideas innovadoras... Todo eso requería algo que ni el poder ni la política podían fabricar: tiempo, planeación y voluntad de servir más allá de las cámaras.

Me comuniqué con Arturo Núñez, el responsable de planeación divisional. Le conté la intención de Murrieta de hacer todo subterráneo en Los Cabos y le pedí su apoyo para que, vía remota desde Mexicali, coordinara al personal que nos enviarían. Él se encargaría de marcarles la directriz y proporcionar los insumos para presentar el anteproyecto a la subdirección.

Yo seguía ahí, de pie, sin dormir, viendo cómo nuestra gente –los de verdad, los del casco, el uniforme y el sudor– permanecía en el frente. Mientras algunos buscaban cifras para alimentar discursos, nosotros pensábamos en soluciones para el futuro. Porque no se trataba sólo de restablecer el servicio... se trataba de levantar de nuevo a una comunidad que había caído. Y también de sostener una dignidad que se negaba a rendirse.

Al caer la noche, los contrastes se hacían evidentes. En algunos sectores, la luz regresaba tímida pero firme. Desde la calle podía verse el resplandor cálido de una sala encendida, una familia cenando con calma, el sonido de un ventilador moviendo el aire pesado. Eran pequeñas islas de normalidad en medio del desastre.

Un par de calles más adelante, en cambio, la oscuridad era absoluta. Solo algunas velas alumbraban rostros cansados. Niños sudorosos intentaban dormir en el suelo, mientras sus padres los abanicaban con pedazos de cartón. El calor era insoportable, y el zumbido lejano de una planta de emergencia sonaba como un lujo inalcanzable para la mayoría. El agua se racionaba en botes, y la comida, después de más de cinco días sin refrigeración, se había vuelto un recuerdo amargo.

Era como caminar entre dos mundos que coexistían en la misma ciudad. En uno, la vida recuperaba su pulso, lento pero seguro; en el otro, el tiempo se detenía, atrapado en la penumbra. Y yo no podía dejar de pensar que la electricidad no sólo devolvía luz: devolvía esperanza, devolvía paciencia, devolvía dignidad.

Desde lo alto, la ciudad se veía como un tablero ajedrezado, con casillas encendidas y otras hundidas en la negrura. Una metáfora viva de lo que éramos en ese momento: un pueblo partido en dos, donde unos alcanzaban un respiro y otros seguían atrapados en la larga noche del huracán.

Capítulo IX
Domingo sin domingo

La imagen contrastante de la gente seguía en mi mente: aquellos pocos que ya tenían luz y trataban de volver a la normalidad, frente a los que seguían en penumbras, viviendo con velas, ollas comunitarias y el rumor de un regreso incierto. Esa diferencia tan marcada que todavía quedaba mucho por hacer. Y que no podíamos aflojar.

Polo se había degradado a tormenta tropical y se desvió hacia el oeste, dejando de ser una pesadilla dentro de otra pesadilla. Nos dio un respiro, un espacio necesario para continuar con los trabajos. Solo nublados y una llovizna esporádica.

El domingo llegó sin sentirlo, otro día más sin distinción entre semana y fin de semana. En medio del caos y la fatiga acumulada, la rutina era la excepción y la urgencia era la norma. A esas alturas, los días ya no se contaban por fecha, sino por porcentajes de avance, por transformadores conectados o por horas sin dormir. Lo institucional seguía exigiendo resultados, pero el cuerpo empezaba a pasar factura. La esperanza de la gente, sin embargo, nos empujaba. Cada acción, cada conexión eléctrica restablecida era un paso más en esta carrera contra el tiempo y el agotamiento.

Seguíamos sin tregua. Para ese domingo 21 de septiembre, el avance esperado en Los Cabos era del 40%, pero apenas alcanzamos el 26%. El atraso se acumulaba con cada inspección, con cada tramo inaccesible, con cada sorpresa técnica.

Las plantas turbojet, que prometían ser el impulso definitivo, aún presentaban fallas. Los apagones eran constantes por problemas tan sensibles como filtros de combustible dañados. Se tuvieron que cambiar repetidamente; el diésel no era de buena calidad, y lo sabíamos. Arrancaban con un rugido débil, como motor viejo pidiendo aire, y terminaban apagándose como velas mojadas.

Finalmente llegaron todas las plantas de emergencia que faltaban, junto con sus operadores. El ingeniero Antonio Parma venía como responsable en el contingente de las Divisiones de los Valles de México. Me dio gusto verlo: había trabajado en sus inicios en Tijuana y después en la Ciudad de México. Siempre activo e inquieto, era de los que daban tranquilidad: sabía que con él no había que preocuparse.

Murrieta instruyó al ingeniero Manuel, de la Peninsular, para que coordinara su instalación. Era urgente. El gobierno había anunciado el inicio de la reactivación económica, y eso implicaba energizar puntos clave. Las plantas fueron distribuidas en centros comerciales, mercados, edificios municipales, instalaciones de la SEDENA, e incluso en tortillerías y lavanderías que nos apoyaban con el lavado de ropa del personal.

Se asignaron a varios ingenieros para un recorrido diario de supervisión. Tenían que verificar niveles de combustible, temperatura y parámetros eléctricos, todo para garantizar que funcionaran adecuadamente. En esos apoyos estuvo de responsable Javier Meza, recién llegado con el contingente nuevo y con unos teléfonos satelitales que se repartieron a los grupos que trabajaban aislados pero coordinados. Posteriormente, fue enviado a Todos Santos para apoyar a mi tocayo Felipe.

Poco a poco comenzaron a aparecer mantas colgadas en esquinas y avenidas. "Gracias mil", decía una. "Son unos ángeles", se leía en otra. La gente empezaba a responder, y su agradecimiento nos llegaba más que cualquier discurso.

En paralelo, el almacén no dejaba de recibir materiales y equipos. Ya no había espacio. La chatarra – postes rotos, transformadores quemados, cable dañado – se acumulaba sin control. Tuvimos que pedir prestado un terreno contiguo, donde comenzamos a apilar lo inservible: una montaña muda de evidencia de lo que el huracán había hecho.

El tráfico en las calles era pesado, pero la reacción de la gente era conmovedora: apenas veían un vehículo con el logotipo de la empresa, nos abrían paso. Como si fuéramos ambulancias, como si fuéramos esperanza.

Ese día también logramos completar la instalación de las luminarias solicitadas por el director. Cinco se enviaron a San Lucas y otras cinco a La Paz. El trabajo nos llevó todo el día, mucho más de las dos horas que originalmente se nos exigían. Pero encendieron.

A pesar de ser domingo, nadie descansó. Todos estábamos en el mismo lugar, cumpliendo con nuestra responsabilidad.

Esa noche, por fin, pude conseguir una cubeta de agua. Le habíamos instalado una planta al hotel y, con ella, logramos echar a andar una bomba. El agua seguía racionada, pero al menos ya no era medio litro al día. Me di un baño. El primero decente desde el 15. El agua me supo a gloria. Seguía el calor sofocante, no había aire acondicionado, pero había luz. Y había ventanas.

A veces, la dignidad empieza por lo más básico. Ese baño no me quitó el cansancio, pero me devolvió algo de humanidad.

Capítulo X
La reconstrucción

La mañana amaneció con un cielo azul imponente; algunas nubes tendidas al sol ofrecían un contraste de esperanza, como si indicaran que las cosas avanzaban lo más cercano a lo planeado. Había dificultades, sí, pero todo el equipo de trabajo seguía adelante.

La rutina de las mañanas ya estaba establecida: entregar el informe, verificar que todo el personal se encontrara en buenas condiciones y seguir adelante. El calor seguía siendo intenso, aunque la humedad, por fin, comenzaba a ceder. Ese pequeño cambio nos daba un respiro, casi simbólico, como si el ambiente también empezara a aliviarse tras la tormenta.

Seguíamos recibiendo materiales enviados por el subdirector de Distribución; la logística, poco a poco, comenzaba a estabilizarse. Las comunicaciones ya eran más sólidas, y las plantas –tan demandadas en los primeros días– operaban con menos fallas. Era como si también ellas entendieran que ya no podíamos más.

El rostro de muchos reflejaba el cansancio acumulado, y estoy seguro de que el mío no era distinto. Pero nadie se detenía. A pesar del agotamiento, de las largas jornadas sin descanso, seguíamos adelante. Porque reconstruir no era una opción. Era una responsabilidad.

Cada gesto de ayuda, cada sonrisa entre camaradas, cada palabra de aliento se convertía en combustible para seguir. Era la fuerza silenciosa de la resiliencia la que nos mantenía en pie, aun cuando el cuerpo pedía tregua.

El miércoles 24 de septiembre tuvimos otra reunión con el director. Todos esperábamos que la información presentada no provocara algún malestar... o peor aún, enojo. La presión se mantenía constante, y cualquier desviación, por mínima que fuera, podía detonar una reacción. Y todos lo sabíamos.

No más postes

En la reunión, cada área volvió a informar de sus avances. No eran significativos, por lo que la atención del director se concentró, como siempre, en los datos de Distribución.

Las cifras no cuadraban, al menos no para él.

—¿Por qué siguen saliendo postes dañados? ¿Acaso no saben contar? ¿Por qué suben las cifras? ¡Que alguien me explique! —tronó con voz severa en la sala de juntas.

El silencio se apoderó del ambiente. Nadie se atrevió a responder lo evidente: la inspección aún no terminaba, y cada poste caído podía significar otros dos o tres comprometidos. Pero explicarlo no valía la pena. La consigna era evitar el enojo a toda costa.

—Ya son todos, señor director, ya se terminó con el conteo —intervino Uriel, conteniendo la marea con una mentira piadosa.

El número "oficial" quedó en 7,963 postes. La realidad, sin embargo, superó los 10 mil, aunque eso nunca se documentó.

El avance reportado era del 65% programado contra un 45% ejecutado. Seguíamos con retraso, y la presión se sentía como plomo en los hombros. Desde aquella reunión del "¡Sálgase!", mi lugar era al fondo de la sala, en silencio. Ya no opinaba, solo asistía.

Uriel cerró con una frase que sonó más a orden que a consigna:

—No más reportes de postes. ¡Quiero más avances!

Se continuó trabajando bajo la misma rutina. Cada uno concentrado en su área de apoyo. El ingeniero Amado atendía los avances del personal en campo; sin embargo, al mantenerse continuamente fuera, resultaba muy difícil que entregara sus informes de manera puntual. Me veía en la necesidad de buscar directamente a su gente para que, de forma verbal y vía radio, nos dieran los reportes necesarios.

Por su parte, el ingeniero Murrieta insistía en que todo quedara dentro del sistema institucional: cada poste, cada cable, cada transformador debidamente registrado, además del seguimiento puntual a las plantas instaladas. Era comprensible: después de una emergencia de esa magnitud, todo debía tener orden, trazabilidad y control.

Desde la parte norte del estado comenzaban a llegar más apoyos, equipos que venían de terminar trabajos de reconstrucción en otras zonas. La mayoría fueron ubicados en Los Cabos y Todos Santos.

El teatro

Por la tarde apareció Julieta, la secretaria del director.

—Mañana habrá un evento con el presidente —dijo con voz neutra—. Necesitamos apoyo para un recorrido. El punto será en San Lucas, frente al mar, en una zona que se vea bonita.

Nos instruyó a montar una escena: cuadrillas subidas a postes ya energizados, simulando estar trabajando. Cuando le pregunté con cautela si se trataba de vigilancia o alguna corrección técnica, me miró con indiferencia.

—No. Es para que los vea el presidente y lo muestre el director.

No podía creer lo que escuchaba. Una obra de teatro en plena contingencia. Llevábamos apenas la mitad del sistema restablecido, pero ahora teníamos que actuar. Literalmente. Julieta cerró con una instrucción sin emoción:

—Nos vemos puntuales mañana a las 10, ocupo gente también para el mitin.

Mientras nos programábamos para el evento, otra amenaza de la naturaleza comenzaba a gestarse. Esta vez era Rachel, una tormenta tropical justo al sur de Oaxaca, con una trayectoria parecida a la de Polo. Se desarrollaría en los próximos cinco días, y tendríamos que darle seguimiento.

Cada engranaje del operativo seguía girando, y ya era evidente el peso acumulado de los días. El cansancio se reflejaba en los rostros, en las voces cada vez más apagadas, en los silencios prolongados al final de cada jornada. Nadie se quejaba. Pero se notaba.

Dormir seguía siendo un lujo, la higiene apenas un recuerdo, y el cuerpo comenzaba a resentir el ritmo impuesto por la emergencia. Aun así, todos continuábamos. Algo nos movía:

un compromiso que iba más allá del deber. Ver una calle iluminada, una familia que regresaba a casa, un gesto de gratitud sincera... eso bastaba para volver a empezar al día siguiente.

Entre la luz y la penumbra

Esa mañana entregué el reporte habitual. Solo comenté lo del montaje escénico con Uriel. Su expresión lo dijo todo: tampoco estaba de acuerdo, pero su respuesta fue clara:

—Hazle caso. Julieta lleva la agenda del director. Más nos vale cumplir.

Movilicé a veinte ingenieros para el mitin y cuatro cuadrillas de trabajo para "el escenario". Desde las ocho ya estábamos ahí. Se repasó la maniobra: instalación de poste con doble circuito, transformador de 75 kVA, cuchillas y aislamiento. Todo lo que ya se había hecho días antes. Los linieros se subieron con su equipo completo. Todo debía parecer real. La escena estaba montada, el teatro listo.

Pero nunca llegaron.

A las dos de la tarde seguíamos esperando. Solo el equipo de seguridad del director se presentó:

—No hay condiciones de seguridad para el presidente —informaron sin más.

Julieta ni siquiera apareció.

Perdimos el día. Cuatro cuadrillas sin avanzar en el restablecimiento, ingenieros esperando bajo el sol. Una jornada completa sacrificada por una simulación que nunca se ejecutó.

Y yo, frente al mar, sudado y con el orgullo herido, solo podía pensar: ¿En qué momento nos convertimos en extras de un parapeto institucional?

El telón nunca subió, pero la función ya nos había desgastado. Mientras el país esperaba luces, aplausos y discursos, nosotros seguíamos en el fondo, entre sombras y sudor, fingiendo un espectáculo que jamás fue para nosotros.

Esa misma noche, al recorrer las calles, volví a notar el contraste brutal. En algunos barrios, las casas ya brillaban con focos encendidos. Se escuchaban risas, música, televisores que regresaban a la vida. Era la señal de que poco a poco la normalidad regresaba. Pero a unas cuantas cuadras, la oscuridad seguía siendo total. La gente salía a la banqueta con velas o lámparas de mano, buscando un soplo de aire fresco. Rostros cansados, niños inquietos, ancianos que apenas soportaban el calor sin ventilación. Ya eran más de diez días sin luz, y la esperanza se mezclaba con la desesperación.

Algunos nos miraban con una sonrisa sincera, agradecidos por los avances; otros, con ojos vidriosos y preguntas mudas que dolían más que cualquier reclamo. Comprendí entonces que la verdadera función no estaba frente al mar ni en un mitin con reflectores. La verdadera función era ahí: en esas calles partidas en dos, entre la luz y la penumbra, entre la vida que volvía y la que seguía suspendida.

Y mientras el teatro institucional se desmoronaba en el vacío, nuestra misión real seguía latiendo en cada rincón apagado que aún esperaba volver a brillar.

Capítulo XI
Medallas que no brillan

El maquillaje

Habían pasado apenas unos días desde aquel montaje frustrado con el presidente, y la sensación de desgaste ya era insoportable. El teatro institucional había robado horas valiosas, mientras las colonias seguían a oscuras.

La diferencia entre lo que se mostraba hacia afuera y lo que realmente vivíamos se hacía cada vez más evidente. A esas alturas, no éramos solo ingenieros o técnicos: éramos sobrevivientes de una rutina sin tregua, atrapados entre la necesidad de avanzar y las exigencias de cifras maquilladas.

El escenario ya no era un huracán, sino una maquinaria que nos exigía tanto como las ráfagas de viento que habían arrancado los postes.

El cansancio nos habitaba por dentro. Y, sin embargo, todavía había que dar la cara, todavía había que sostener el sistema con las manos heridas y la fe tambaleante.

El agotamiento ya era parte de nosotros. Se adhería a la piel como el sudor, y se notaba en las miradas bajas, en los pasos lentos y en ese silencio colectivo que suplicaba: "solo un día de descanso." Pero la realidad no daba pausa. A dos días del compromiso de restablecimiento, los números no cuadraban. El avance real era de 65% contra el 95% programado. El desfase era evidente.

—No puedo presentar esos números al director —me dijo Uriel, visiblemente presionado—. ¡Auméntale!

—No podemos —le respondí—. Aún tenemos mucho rezago, siguen saliendo postes y transformadores dañados.

—¡Auméntale! —repitió.

Tuve que ceder. Terminé por "ajustar" el informe: 94% de avance contra 95% programado. Un logro... sin duda, pensé con amarga ironía.

A veces, las verdaderas batallas no se libran contra los vientos o los apagones, sino contra las decisiones que tensionan nuestra ética.

En medio del cansancio extremo y la presión institucional, el deber se volvía una cuerda floja entre lo que se esperaba mostrar y lo que realmente sucedía. "Ajustar" un número podía parecer insignificante, pero detrás de cada porcentaje había cuadrillas aún sin descanso, zonas aún sin luz, y personas que seguían esperando.

Esta experiencia dejaba claro que en contingencias tan grandes como Odile, no solo se probaba la capacidad técnica de una organización, sino también la integridad de sus individuos. Porque no todo lo que brillaba, en un informe, era luz.

El verdadero reconocimiento

Ya entrada la noche, una asociación civil se presentó en el centro de operaciones. Se identificaron como un grupo sin fines de lucro que quería agradecer al personal. Aunque traté de disuadirlos –por el trabajo que no se detenía ni los domingos-, insistieron. Reuní a más de 60 compañeros: ingenieros, linieros, personal de logística, cocina y operadores. Todos en silencio, atentos.

Se presentaron brevemente y ofrecieron unas palabras que nos sacudieron por dentro:

—Reconocemos su esfuerzo y dedicación. Nos consta que han trabajado sin descanso. Gracias por su solidaridad, por dejar a sus familias para ayudar a quienes ni siquiera conocen.

Acto seguido, sacaron medallas y nos las colocaron uno por uno. Eran simples, pero el gesto lo cambió todo. Era una medalla simbólica, sí, pero se sentía como un abrazo inesperado. Nos miramos entre todos, con sonrisas orgullosas y la emoción contenida. Por un momento, el esfuerzo valió la pena.

Nos dejaron cinco cajas más, con 100 medallas cada una, para el resto del personal. Pero en mi interior también apareció una sombra: el director no toleraba protagonismos que no fueran suyos. Mandé unas cajas a San Lucas y decidí entregárselas a Murrieta para que las distribuyera discretamente.

Nunca se entregaron. Se las llevaron a oficinas centrales y nadie volvió a hablar de ellas.

La supervisión

Era la mañana del 29 de septiembre, como era habitual en las reuniones, el director tomó la palabra de una manera tranquila, sin esa mirada de siempre, como persiguiendo presas, con voz pausada y firme dijo.

—Agradezco los avances que lleva Distribución, han evolucionado mucho. ¿Qué colonias siguen sin luz? —preguntó.

Sabía lo que venía. Fui al sistema y confirmé lo que temía: prácticamente todas las colonias de San José del Cabo aún tenían faltantes. Le pasé la información a Uriel, y este la redujo drásticamente, dejando solo las más grandes. Sabíamos que la presión iba en aumento.

Terminando la reunión, el director decidió salir a supervisar. Uriel lo acompañó. Fuimos en vehículos separados, siguiendo la comitiva. En el trayecto, le comenté mi preocupación: mañana no terminaríamos, eso era un hecho.

El convoy se detuvo en el Costco de San Lucas. Pensamos que era una parada breve, quizá para saludar a alguien. Pero lo que vimos nos dejó helados. El director se plantó a la entrada del supermercado, abordando una por una a las amas de casa que salían con sus compras.

—Soy el director de la compañía de luz —les decía—. ¿Dónde vive usted? ¿Ya tiene luz en su vivienda?

Algunas respondían que sí, otras no. A cada una que decía "no", tomaba nota y se la pasaba a Uriel para su atención inmediata. Por fortuna, San Lucas tenía mucho mayor avance que San José, y la mayoría de las entrevistadas eran de ahí.

La estrategia del director era clara: asegurarse de que su versión de los hechos tuviera testigos que la respaldaran.

El regreso a San José fue silencioso. Un silencio que ya no era solo cansancio. Era impotencia. Era frustración. Era la carga de saberse en la verdad, pero obligado a vivir en la simulación.

Pero el verdadero contraste ya estaba sembrado en mi memoria. La noche anterior, hombres y mujeres comunes nos habían puesto medallas sencillas en el pecho, reconociendo con humildad el sacrificio que llevábamos a cuestas. En cambio, esa mañana veía al director buscando testigos improvisados, amas de casa sorprendidas a la salida de un supermercado, como si en esos intercambios pudiera fabricarse la legitimidad de su liderazgo.

Era imposible no sentir la distancia abismal entre ambos gestos. Lo de la asociación civil había sido auténtico: un abrazo, un respiro, una chispa de humanidad que nos devolvía fuerzas. Lo del director era un teatro ensayado, una puesta en escena con el único objetivo de alimentar su propio reflejo, su ego. Y en medio de ambos extremos estábamos nosotros, cargando herramientas, redactando informes "ajustados" y levantando postes en silencio.

Esa noche comprendí que no todo reconocimiento tiene el mismo peso. Hay uno que se guarda en el corazón y otro que se disuelve en la memoria, vacío y sin raíces. Y mientras el huracán se iba olvidando en los noticieros, nosotros seguíamos luchando, sabiendo que lo verdadero brillaba lejos de las cámaras.

Por fortuna, Rachel quedó solo en amenaza, se desvió y ya no representaba peligro para el estado.

Capítulo XII
El último reporte

La fecha límite se acercaba como una cuenta regresiva implacable. Mientras en los pasillos se hablaba de celebraciones y eventos oficiales, en el terreno la historia era otra: usuarios sin luz, equipos agotados y una red aún en condiciones precarias. La presión desde arriba era clara: cerrar el reporte, mostrar cifras impecables... aunque no se haya cumplido del todo. Era la última etapa de una carrera contra el tiempo... y contra la verdad.

Mientras movíamos al personal a las colonias que aún estaban sin energía, se llevó a cabo otra reunión con el director. Lo programado en el estado era del 100% y lo oficial del 98%. En realidad, llevábamos un 89%. Más de 25 mil usuarios seguían sin luz, la mayoría en Los Cabos. "¿Cómo ocultarlos?", me preguntaba por dentro.

La habilidad de Uriel fue presentar ese 2% restante como "usuarios aislados" que serían restablecidos en breve. Así se la compró el director.

—Avances —me exigía Uriel—. ¡Que trabajen más!

—¿Qué ocupas para terminar?

—Tiempo —le contesté.

—¡Ya no hay! —me reviró.

Decir que estábamos al 100% implicaba muchas cosas. Entre ellas, que nos retiraran al personal por ya haber cumplido con el compromiso, dejándonos con un trabajo pendiente que la fuerza local difícilmente podría cubrir. Pero casi era un hecho. Se optó por una estrategia de comunicaciones: informar que el sistema eléctrico se encontraba "en condiciones previas al huracán". Nunca se dijo explícitamente que ya estábamos al cien.

El personal seguía trabajando a marchas forzadas. Las jornadas eran de casi 20 horas para los linieros, todo para intentar cerrar la diferencia lo más pronto posible.

Las plantas turbojet seguían operando, ya con menos fallas. Mientras tanto, personal de Generación había energizado dos plantas más. Transmisión, por su parte, había recuperado varias líneas, lo que daba mayor certeza al sistema, justo cuando la demanda empezaba a crecer.

Para el 5 de octubre, la fecha que originalmente propuse, teníamos un avance real del 98%. Más de cuatro mil usuarios seguían sin energía. Las plantas de emergencia se empezaban a reacomodar para atender los faltantes, pero aún era insuficiente.

Por las noches, el panorama era distinto. La ciudad, con las luminarias instaladas por orden del director, comenzaba a recuperar su brillo. Ya se escuchaba música a lo lejos. Las barricadas de los primeros días eran un recuerdo. Seguían los aplausos de la gente, carros con leyendas de "¡Gracias!". En la radio sonaban anuncios: "A todo el personal de la compañía de luz que venga a comer mariscos, ¡será gratis!". Un elogio generoso, pero nosotros seguíamos trabajando.

Y aunque desde afuera todo parecía haber vuelto a la normalidad, nosotros sabíamos que aún no era así. Había circuitos sin cerrar, cables aún caídos, familias que seguían esperando. Pero también sabíamos que estábamos al límite. No solo de nuestras capacidades técnicas, sino del desgaste físico, mental y moral.

Aquel cierre "oficial" no fue un final, sino una pausa impuesta. Una que dolía aceptar, porque detrás de cada número maquillado había una historia real: un hogar en penumbra, un trabajador sin descanso, una promesa incumplida.

La intensidad de los huracanes en el Pacífico no cedía. Una nueva amenaza surgía en el horizonte: Simón. Paralelo a las costas de Jalisco y Sinaloa, su trayectoria comenzaba a inclinarse peligrosamente hacia la península.

—Este se ve más amenazante que Polo y Rachel —comentaban algunos.

Los reportes indicaban que ya era huracán categoría tres, con vientos sostenidos de 185 km/h. Los meteorólogos aseguraban que, al igual que los anteriores, se abriría antes de impactar... pero eso también dijeron de Odile.

Ya no confiábamos ciegamente en los pronósticos. El calentamiento global sí estaba dejando huella, y lo vivíamos desde la zona cero, Los Cabos.

Solo nos quedaba observar... y prepararnos.

Lunes 6 de octubre

El reporte final: 100% en todo el estado. La realidad: 98.5%, con más de mil quinientas viviendas aún sin luz. Pero así se decidió. Los trabajos de los apoyos de Distribución habían terminado… sin terminar. Lo peor fue que varios funcionarios, que sabían perfectamente cómo íbamos, se la creyeron. Yo no.

Se movilizó un contingente de la región Noroeste para electrificar una colonia al norte de San Lucas. La gente lo agradeció. Se aprovechó a ese personal para energizar esa colonia grande, de más de quinientos usuarios. Fue el último trabajo de los apoyos. Al menos, esa colonia que antes se colgaba de la red, ahora tendría la oportunidad de regularizarse.

Esa misma mañana se presentó Julieta en el COE. Con solo verla, supimos que venía a anunciar algo importante. Y así fue: se programó el acto de cierre. Participarían el presidente de la República, el gobernador del estado, la secretaria de turismo y el director general, entre otros funcionarios. Todo el personal debía asistir.

Tuvimos que trabajar más arduamente que nunca para que esa noche se redujera el número de usuarios sin servicio. La preocupación no me dejó dormir. Llega un momento en que la mente se satura, los pensamientos se nublan y hasta la esperanza pesa.

En mi reflexión me decía "Hicimos todo lo posible y hasta lo imposible, y aun así no bastó". Callamos lo que aún dolía, mientras aplaudían lo que oficialmente se había logrado. Y aunque la historia quedó escrita en los reportes, lo vivido… eso lo llevamos en la piel, en la conciencia y en la memoria de cada jornada interminable.

Esa noche, mientras en el escenario del acto oficial se levantaban aplausos y discursos solemnes, en las calles apartadas de San José aún se escuchaban los zumbidos de veladoras y el chisporroteo de fogones improvisados. Algunas casas seguían alumbrándose con lámparas de batería, como pequeñas luciérnagas perdidas en la oscuridad.

Desde la distancia, la ciudad parecía encendida, vibrante, lista para la foto triunfal. Pero bastaba doblar una esquina para descubrir otra historia: la de familias que miraban hacia el resplandor lejano, preguntándose cuándo les llegaría su turno. Ese contraste, silencioso e incómodo, fue el verdadero telón del cierre.

Ese mismo día, ya con el reporte cerrado y la noticia del acto oficial confirmada, logré hablar con mi esposa. Le conté que pronto terminaríamos, que el regreso estaba cerca. Su voz, entre emocionada y aliviada, me llenó de un calor distinto al de la fatiga:

—Ya quiero que vengas a casa —me dijo—.

Por un momento sentí que toda aquella montaña de cansancio se volvía más ligera. Afuera aún quedaban calles a oscuras, pero en mi interior empezaba a encenderse la esperanza de volver al hogar.

Capítulo XIII
El cierre

Martes 7 de octubre

Esa mañana ya no hubo reporte. Desde el día anterior, se había dado la orden de que todo el personal detuviera actividades a las diez de la noche para poder descansar y estar presente en la reunión de cierre. Solo continuaron operando quince grupos, integrados por personal local y de la División. No podía permitir que los pendientes quedaran fuera, aunque ya no fueran parte del discurso oficial.

La reunión se llevó a cabo en el campo de futbol de San Lucas. Se instalaron carpas, se lavaron los vehículos y se alinearon como en exposición, algunos con las grúas levantadas. La instrucción fue que todo el personal debía presentarse completamente uniformado. El Estado Mayor llevaba días preparando el evento. Revisaron todo, incluso con perros amaestrados.

Finalmente llegó el presidente. Todos querían su *selfie* del recuerdo. Se celebró la ceremonia: elogios al director por parte de la Secretaría de turismo y de los gobernantes presentes.

Luego vino la declaración oficial: el restablecimiento estaba al 100%. Las felicitaciones no se hicieron esperar. El presidente al director, el director al personal, y con eso se dieron por levantados los COE. El retorno era ya un hecho. En el fondo, no podía evitar los mismos cuestionamientos:

Ahí estaban, bajo el templete, los verdaderos héroes: los héroes de los postes, de los cables, de las plantas, de logística, los héroes genuinos... los héroes de la luz. Mientras que arriba, en el estrado, se encontraban los héroes de mentira... los héroes de papel.

La otra cara del discurso no se mostró. Afuera, los manifestantes reclamaban que aún no tenían luz, que sus casas seguían sin electrificación. Nadie se acercó a ellos. Los dejaron fuera del evento.

¿Realmente habíamos terminado?

La reconstrucción seguiría. Pero la instrucción era regresar.

El retiro comenzó al día siguiente. Se activó la logística para el retorno. El resto del día fue concedido como descanso. A muchos aún les faltaban al menos dos días de camino, especialmente a quienes volverían por barco a sus lugares de origen.

El sistema eléctrico había quedado vulnerable, pero funcional. La amenaza de Simón seguía latente, ahora al norte del estado. Tuvimos que organizar un nuevo operativo hacia Guerrero Negro, esta vez con personal de Ciudad Constitución. Se movilizaron también grupos desde Loreto, Santa Rosalía y algunos de la División que aún permanecían en La Paz. El pronóstico indicaba que impactaría como tormenta tropical en Bahía Tortugas.

El operativo de Odile ya había concluido, pero la naturaleza parecía empeñada en recordarnos que aún no terminábamos. Era como si nos dijera: "Todavía no."

Comenté la situación con Murrieta. Su respuesta fue clara, casi resignada:

—Atiéndelo con personal local.

El regreso

El retorno del COE Divisional fue el miércoles 8 de octubre. Nunca me quedé satisfecho con dejar gente todavía trabajando. Por eso, durante dos semanas más permanecieron en sitio los apoyos de la propia División, realizando trabajos de reconstrucción. Por fortuna, Simón se degradó a depresión tropical y solo dejó lluvias en Bahía Tortugas y Guerrero Negro, sin mayores afectaciones.

También se quedaron quienes debían quedarse: almacenes, administración, concursos y contratos. En sus manos quedó la última etapa del evento... uno que, aunque oficialmente cerrado, se prolongó hasta bien entrado el año 2015.

En el retorno, las filas de camiones de la empresa se extendían como una caravana interminable, como si fuera el éxodo de Odile. Eran kilómetros de vehículos avanzando lentamente por las carreteras. A su paso, la gente salía a las calles y gritaba: "¡Gracias!", "¡Los recordaremos siempre!". Gritos, aplausos, sonrisas entre lágrimas.

Fue un reconocimiento no escrito, pero profundamente sentido. Un reconocimiento de quienes vivieron la tragedia, de quienes sintieron en carne propia el esfuerzo colectivo, de quienes dejaron a sus familias para encontrarse con otras, que nos acogieron como propias.

El cierre oficial llegó con discursos, reconocimientos y fotografías, pero la realidad técnica no coincidía con los aplausos. Se había cumplido el protocolo político, pero no el objetivo completo. Nos retiramos con una sensación agridulce: habíamos dado todo, pero sabíamos que aún faltaba. La emergencia terminó en el papel; en la realidad, apenas comenzaba otra etapa: la reconstrucción silenciosa, sin reflectores, sin discursos... y sin medallas.

Nos fuimos sin irnos del todo. Dejamos calles medio levantadas, postes recién colocados, cables aún por tensar y muchas personas aun esperando. Se cerró el evento, pero no la herida. Para los reportes, el huracán había quedado atrás; para nosotros, todavía seguía soplando.

Al subir al avión de regreso, miré a mi alrededor. Algunos dormían sentados, con la cabeza apoyada en la ventana; otros callaban con la mirada perdida. Nadie hablaba de reconocimientos ni de cifras. Hablábamos con el silencio, con ese cansancio que solo entiende quien ha dado hasta el último aliento. En mi pecho, más que orgullo, llevaba una certeza: habíamos cumplido, no en los números, sino en el corazón de la gente que nos vio trabajar.

Habíamos enfrentado el huracán. Pero ahora venía otro, más sigiloso, más profundo. Uno que no saldría nunca en los periódicos.

Era tiempo de enfrentar una tormenta interior.

Capítulo XIV
Una tormenta interior

Después de la reunión del martes, cuando todos comenzaban a regresar a casa y las banderas de victoria ondeaban en discursos ajenos, llegó el silencio. No el del sistema eléctrico, sino el mío.

Los días se sentían más ligeros por fuera, pero pesados por dentro. Ya no había reportes urgentes ni llamadas en la madrugada, pero mi mente seguía corriendo como si todo estuviera por colapsar. La presión del restablecimiento había cedido, pero dejó un vacío que no supe cómo llenar.

Por primera vez en semanas dormí en mi cama, sin celular a la mano, sin pendiente inmediato... pero tampoco con descanso. Me sentía agotado, como si algo dentro de mí se hubiera quebrado, pero también satisfecho de ver que cada sacrificio había valido la pena.

El cansancio no era físico. Era algo más profundo, algo que se alojaba en el pecho y no me dejaba respirar del todo. Como si llevara dentro una tormenta que nadie más veía, que nadie más escuchaba.

No era tristeza, ni siquiera miedo... era una mezcla rara de vacío, de culpa y de impotencia.

Pensaba en la gente que aún no tenía luz. En los postes que no alcanzamos, en los turnos interminables de los que se quedaron.

Pensaba en las medallas guardadas en cajas. En las mentiras disfrazadas de discursos. En los agradecimientos que sabían a simulacro. Y pensaba también en mi padre. En todo lo que no pude contarle.

Me encontraba comiendo solo, sin sabor. Caminando sin destino. Dormido pero despierto. Una calma extraña me envolvía, como si todo ya hubiera pasado... menos yo.

No lo hablé con nadie. No porque no quisiera, sino porque no sabía cómo. Solamente mi esposa y mi hijo sintieron que escondía mi tristeza.

¿Cómo explicas que, luego de sobrevivir a una emergencia, lo que más duele no es el desastre, sino el silencio que queda después?

Mi padre falleció el 8 de septiembre de 2014, en Estados Unidos. Sus cenizas no se entregaron sino hasta el 16 de septiembre, justo en los días más críticos de la emergencia.

También el 8 de septiembre cumplí 19 años de casado. Contraste en las fechas: de alegría y de tristeza... y pesó más la tristeza.

La noticia estuvo conmigo en todo momento: en medio del caos, con el radio en una mano, la bitácora en la otra y el corazón partido. No pude despedirme. No estuve ahí para acompañarlo o decirle lo que muchas veces uno guarda, confiando en que siempre habrá tiempo.

Fue una dura elección: cumplir con la misión encomendada o correr tras un adiós que ya no podía alcanzarse. Elegí quedarme. No porque doliera menos, sino porque entendí que ese dolor también formaba parte de mi responsabilidad. Porque muchas veces, el servicio implicaba renunciar, incluso a lo más sagrado.

Quiero abrir un espacio para recordarlo. Mediano de estatura, moreno claro, ya con arrugas y pelo gris oscuro –nunca supe si lo teñía, porque no le gustaba verse canoso–. Tenía labios delgados, cejas pronunciadas y negras, su ceño marcado entre los ojos de café oscuro, su peinado de los años setenta, sus manos medianas con dedos gruesos, sus brazos con vello rizado y negro. De buen carácter, risueño y atento, muy ansioso y nervioso, pero firme y con autoridad. Delgado de siempre y con un caminar encorvado, casi lerdo, de sonrisa alegre y mirada cansada ya en la tercera edad. Nunca le escuché una grosería. Era el único que quedaba de su familia; su padre, su madre, tres hermanos y una hermana se habían ido hacía tiempo. Ahí quedó, junto a su hermano Pablo. Me entristeció ver su lápida: *Felipe Vargas Ascencio.*

Fue el hombre que me enseñó, sin proponérselo, a trabajar con dignidad y a resistir en silencio. Mi padre fue una de las razones por las que nunca me quebré del todo durante esos días. Su voz –aunque ya ausente– seguía viva en cada decisión, en cada amanecer sin dormir, en cada poste que volvía a levantarse.

Tal vez no me despedí como hubiera querido. Pero hoy, al cerrar estas páginas, siento que, de alguna manera, también estoy cerrando ese duelo pendiente. Y con estas palabras, por fin, puedo decir: gracias, papá. Lo que soy también te lo debo a ti. Que en paz descanses.

Y mientras escribo este final, comprendo que la tormenta de Odile quedó atrás en mapas y reportes, pero su verdadero eco sigue adentro. Algunos la llamarán experiencia, otros aprendizajes.

Para mí fue, y seguirá siendo, más que una contingencia superada: una tormenta interior que me transformó para siempre.

Epílogo
Lo que dejó el viento

Cuando los vientos se calman y los reflectores se apagan, lo que permanece es el eco de lo vivido. Odile no solo arrasó con postes, techos y cables; también sacudió certezas, desnudó debilidades y reveló la verdadera fortaleza de quienes se mantuvieron firmes en medio del caos.

Este relato no busca aplausos ni culpas, sino dejar constancia de una verdad que rara vez aparece en los informes oficiales: la historia detrás del restablecimiento eléctrico fue escrita con sudor, miedo, coraje... y también con pérdidas que no figuran en los reportes.

En estas páginas quedó plasmada una experiencia que marcó a todos los que estuvimos ahí. Lo técnico se entrelazó con lo humano, lo operativo con lo emocional. Al final, lo que realmente importa no son las cifras ni los tiempos de restablecimiento, sino las vidas que cruzaron ese huracán con la convicción de hacer lo correcto, aun en medio de la tormenta.

Odile tocó tierra el 14 de septiembre de 2014, entre Cabo San Lucas y San José del Cabo, como huracán categoría 3. Sus vientos sostenidos alcanzaron los 205 km/h, con rachas de hasta 240 km/h. Fue el evento que más dañó la infraestructura eléctrica en Baja California Sur. Participaron más de seis mil trabajadores de todas las divisiones del país, en un despliegue histórico: transporte marítimo con más de treinta viajes, más de siete mil postes oficialmente dañados —aunque la cifra real superó los diez mil—, y cuadrillas que permanecieron en reconstrucción hasta diciembre.

Más allá de los números, lo que quedó fue la memoria de un esfuerzo colectivo que no se mide en porcentajes, sino en jornadas sin dormir, en calles que volvieron a iluminarse y en familias que recuperaron algo de esperanza.

El proyecto de cableado subterráneo, soñado como solución definitiva, nunca se concretó, pero dejó la lección de que los grandes desafíos requieren más que recursos: requieren voluntad.

Odile se fue, pero nos dejó una certeza:

Incluso en la oscuridad más profunda, siempre habrá manos dispuestas a encender la luz. Y mientras esa vocación exista, ningún huracán podrá apagarla del todo.

Anexo
Las voces de la contingencia

Más allá de los reportes técnicos, las estadísticas y los comunicados oficiales, hubo algo que nunca quedó registrado: las vivencias de quienes enfrentaron la emergencia desde el frente de batalla. Cada contingencia deja marcas, y cada persona que la vivió carga con una historia única, hecha de esfuerzo, incertidumbre, cansancio... y también orgullo.

Este capítulo es una recopilación de voces, de memorias compartidas por algunos de los compañeros que estuvimos ahí, enfrentando lo que parecía imposible. Son narrativas breves, sinceras, sin adornos, pero llenas de verdad. Porque más allá de lo que logramos como institución, esto también fue una vivencia humana, colectiva y profundamente transformadora.

Estas son sus palabras. Estas son sus memorias, porque lo vivido, merece ser contado.

Sergio Armando Fierro

"Fuimos el segundo contingente de apoyo que salió el mismo día en que tocó tierra el huracán Odile en los Cabos, el avión no pudo aterrizar y fuimos regresados a la CD de Tijuana de dónde salió el vuelo. Al día siguiente día volamos a Mazatlán y de ahí nos transportaron en un pequeño avión a San José del Cabo, en todos los años que trabajé en esa área, jamás me imaginé tanta destrucción, el aeropuerto estaba dañado y abrirse paso para llegar al centro de operaciones era muy complicado por todas las líneas caídas que obstruían el paso, aquello era verdaderamente un desastre."

Sergio se desempeñó como jefe del departamento divisional de seguridad e higiene, actualmente jubilado.

Arturo Alejandro Núñez Dórame

"Desde las oficinas de Mexicali dábamos seguimiento a los desastres ocasionados por Odile. Una vez que se restableció la comunicación, mi apoyo se centró en gestionar los insumos para un levantamiento histórico: hacer subterráneo todo el sistema eléctrico de Los Cabos, desde San José hasta Cabo San Lucas. Fue una labor sin precedentes, un reto técnico y logístico que marcó un antes y un después. Un evento extraordinario... algo nunca visto."

Arturo Alejandro se desempeñó como jefe de oficina divisional de planeación, actualmente jubilado.

Juan José Legy Tong

"El llamado para apoyar el restablecimiento de la energía tras el paso del huracán Odile no fue uno más: fue una sacudida. Nos enfrentamos a una realidad cruda, donde cada metro de cable reconstruido era también una línea de esperanza.

Salimos de Tijuana en septiembre del 2014, rumbo a Loreto. Al llegar, nos envolvió la fuerza del meteoro. Los vientos eran brutales, las lluvias implacables. Tuvimos que resguardarnos en un hotel, y desde ahí vimos cómo caían árboles, palmeras y postes, como si fueran juguetes de cartón. El estruendo de la naturaleza no dejaba lugar a dudas: esto no sería sencillo.

Tan pronto pasó lo peor, salimos a trabajar. Era ya medianoche cuando comenzamos a reparar lo que Odile había dejado tras de sí. Logramos restablecer la energía en el hotel, solo lo esencial, pero era un primer paso.

La instrucción que nos dieron fue seguir hacia Los Cabos. Al llegar, lo que vimos fue desolador. Calles bloqueadas, casas destruidas por el viento, rostros llenos de miedo y también de coraje. La gente cerraba las calles para proteger lo poco que les quedaba, intentando evitar saqueos. Todo provocado por aquel huracán bestial.

Trabajamos durante 32 días sin parar con compañeros de distintas divisiones y contratistas. Lo más poderoso no fue el huracán: fue la gratitud de la gente. Nos dejaban mensajes en los autos, en las casas, hasta nos ofrecían comida en la madrugada.

Hoy puedo decir que no hay mayor recompensa que ver encenderse una casa en medio de la oscuridad y escuchar ese suspiro colectivo que dice: ya hay luz

Eso no tiene precio siempre... lo llevaré siempre en mis recuerdos."

Juan José se desempeñó como jefe de departamento divisional de medición, actualmente jubilado.

Oscar Ortega Alba

Me llamaron para dar apoyo a la contingencia tras el paso del huracán Odile. Mi responsabilidad era coordinar a mis grupos de trabajo, lo cual fue muy difícil dadas las circunstancias. Fueron jornadas extenuantes, con muchísimas horas diarias de labor. La gente, sin ningún interés más que el de ayudar, nos ofrecía agua y comida. El agua sí la aceptamos, pero la comida no. Sabíamos que había escasez y no queríamos que la gastaran en nosotros.

En un par de días se habían vaciado las tiendas, ya no había qué vender; la comida era escasa. Tampoco teníamos un lugar donde descansar. Dormimos por días en la cabina o en la caja de las camionetas, sin poder bañarnos ni contar con un sitio adecuado para ir al baño. El calor era abrasador, húmedo, incómodo...

Las condiciones fueron realmente duras, pero ahí estuvimos, haciendo lo que tocaba. Y, a pesar de todo, ver que las luces volvían a encenderse y que la gente nos lo agradecía con una sonrisa o un gesto, nos recordaba que cada sacrificio había valido la pena."

Oscar se desempeñó como jefe de departamento de zona, división norte, actualmente jubilado.

Javier Ulises Meza Páez

Recibí una llamada de Nacionales para llevar unos teléfonos satelitales a Murrieta. Volé en avioneta a San José del Cabo, donde nos dejaron en un campamento logístico. Tras entregar los equipos, me asignaron revisar el estado de las plantas de emergencia, y como no tenía vehículo, me unía a cuadrillas para hacer ruta.

Todo parecía una contingencia más, aunque aproveché para ayudar a restablecer el circuito donde viven mis padres en Cabo San Lucas. En una reunión, al ver la falta de materiales para Todos Santos, me ofrecí a llevar herrajes. Murrieta accedió, pues conocía bien la zona. Me asignaron un Versa 2014, lo llené de material, y tras más de tres horas de camino –por peso y malas condiciones– llegué. Así hice muchos viajes. Incluso deteníamos autos de la empresa en carretera para descargar rápido lo necesario.

Aunque era trabajo operativo, cuando lo haces con pasión y ves los resultados, lo sientes como parte de ti. Siendo de Baja California Sur, sé que los huracanes son parte de nuestra vida, pero ver tu tierra devastada y a su gente luchando por salir adelante, siempre conmueve.

Dormir poco, andar mojado, con hambre y sin descanso... es parte del oficio. Vale la pena cuando ves a la gente sonriendo, limpiando, y reconstruyendo.

Recuerdo a dos niños que quisieron ayudarnos a cargar postes. Un contratista los apartó, y la niña dijo:

—Allá viven mis papás y abuelos. Ustedes ya están muy cansados. También queremos ayudar.

Nos miramos entre nosotros... nos hicieron el día."

Javier se desempeñó como jefe de oficina de zona, división valle de México Norte, actualmente sigue en funciones.

Juan Carlos Butterfield Velázquez

"El huracán Odile, que impactó a Baja California Sur el 14 de septiembre de 2014, ha sido uno de los fenómenos meteorológicos más devastadores para el sistema eléctrico del estado. En ese entonces, me desempeñaba como jefe del Departamento de Planeación en la Zona Ciudad Constitución, dentro de la División de Distribución Baja California, y fui comisionado al centro de servicios de Loreto para coordinar el restablecimiento eléctrico ante las afectaciones que se anticipaban.

El domingo 14 de septiembre, por la mañana, me trasladé con dos grupos de distribución y uno del CCC hacia Loreto. Nos unimos al personal local para estar listos y actuar ante cualquier eventualidad.

La magnitud de los daños que trajo Odile puso a prueba la capacidad operativa de toda la empresa. Pero también fue muestra de que cuando trabajamos en unidad no hay desastre que nos venza.

Una anécdota que siempre recordaré ocurrió el 21 de septiembre, aún en Loreto. Ese día, nos visitó el director general, acompañado de la secretaria de turismo, designada por el presidente de la República como su representante para coordinar la recuperación del estado.

La reunión fue en las oficinas del Ayuntamiento, junto con el presidente municipal y representantes de dependencias estatales y federales. Al presentarme con el director, me preguntó directamente:

—Ingeniero Butterfield, ¿cuáles son las condiciones del sistema eléctrico en Loreto?

Respondí con claridad:

—Señor Director, en Loreto tuvimos afectación en siete circuitos de media tensión, con un total de 7,147 usuarios afectados. Todos ya cuentan con suministro eléctrico. En este momento estamos en condiciones normales de operación.

Revisó una carpeta que traía consigo, me miró y respondió:

—Correcto, coincide tu información con la mía.

Ese momento, breve pero contundente, fue una validación del trabajo bien hecho y del compromiso con nuestra labor, incluso en medio de la adversidad."

Juan Carlos se desempeñó como jefe de departamento de planeación de zona, actualmente sigue en funciones como superintendente de zona La Paz.

Víctor Daniel Olea Bugarín

"Mi apoyo fue en el almacén provisional que se instaló en un campo de béisbol. Ahí se distribuían los materiales necesarios para los trabajos de restablecimiento. Recuerdo el agradecimiento de la ciudadanía, expresado con pancartas en los autos o mensajes escritos en las ventanas con chain.

También recuerdo la avioneta en la que viajaban los alimentos; en más de una ocasión, nos tocó repartirlos. Era un esfuerzo colectivo, donde cada detalle contaba.

Durante el acto de cierre del evento, recibí el reconocimiento directo del Director. Pero hubo un momento que guardo con especial cariño: la medalla que me entregó un gran amigo, símbolo de un esfuerzo compartido. Aún la conservo como recuerdo imborrable de esos días."

Víctor se desempeñó como jefe de departamento de zona en el área de compras y logística, actualmente jubilado.

Antonio Parma Presichi

"Fui comisionado junto con un excelente equipo de trabajo formado por las tres Divisiones del Valle de México. Nuestra misión era restablecer el servicio de energía eléctrica mediante la instalación de plantas de emergencia, las cuales se instalaron en servicios estratégicos, servicios de emergencia y esenciales.

Al llegar, vimos como estaba todo el personal de la empresa por todos lados, eran cientos por las calles, los bulevares y las colonias. Se veía más personal de CFE que de seguridad pública.

Apoyamos a la población afectada por este fenómeno meteorológico. Esto fue, sin duda, un logro más en uno de los eventos de mayor relevancia de los últimos años.

Sentí una gran satisfacción personal por el hecho de haber servido a mi país, a CFE y, sobre todo, al pueblo de Baja California.

En diciembre del 2014, y derivado de mi participación en Odile, fui invitado nuevamente a integrarme a la División Baja California, en Zona Tijuana, donde actualmente sigo laborando.

Sé que cada esfuerzo, cada desvelo y cada día bajo el sol, valieron la pena. Servir en momentos críticos con grandes personas, es algo que siempre llevaré con orgullo en mi historia personal y profesional."

Antonio se desempeñó como jefe de departamento de distribución de la División Valle de México Norte, actualmente es Jefe de Departamento de Subestaciones en Zona Tijuana.

Román Medel Mosqueda

"Cuando llegamos a Los Cabos, la devastación era total. No había servicios públicos, no había comunicación ni actividad económica, mucho menos turística. Era un reto enorme para la población recuperar la normalidad, y nuestra función era precisamente aportar para alcanzarla. Todo era caos, y sabíamos que nuestra presencia no podía ser una carga.

Desde el primer día que llegué, recuerdo haber visto barricadas con fogatas en algunos puntos, colocadas por la misma gente para protegerse de la rapiña. Los comercios habían sido saqueados. En la agencia, mis compañeros normativos tenían el semblante de no haber dormido en horas, pero se mantenían activos. Ahí entendí que más que esperar indicaciones, debía proponer soluciones.

Éramos cientos de trabajadores que fuimos llegando con el paso del tiempo. De manera individual, teníamos que atender tres frentes:

1. Restablecer la actividad económica, ofreciendo plantas eléctricas, combustible y reparaciones a tiendas de autoservicio, gasolineras, tortillerías y otros servicios esenciales.
2. Restablecer los circuitos eléctricos, lo que implicaba también gestionar y conseguir los materiales, donde fuera que los encontráramos.
3. Atender nuestras propias necesidades mínimas: alimentos, agua, un lugar para dormir y asearnos.

En lo personal, y sin ayuda, elaboré cuatro empalmes en 15 kV en dos circuitos de la subestación San José del Cabo, y una terminal con codo de 200 A en la acometida del aeropuerto, en 34.5 kV desde la subestación Santiago. Entraba y salía de los registros sin escalera ni apoyo, con herramientas y accesorios que conseguí por mi cuenta en una tienda eléctrica.Una semana después llegaron mis grupos de trabajo, y juntos restablecimos mucho más.

Este evento me enseñó cuán imprescindible es la energía eléctrica para la vida cotidiana. Me mostró la grandeza y sensibilidad del equipo CFE, y me hizo valorar la capacidad de uno mismo para aprender, adaptarse y servir cuando más se necesita.

Hoy me queda la satisfacción de saber que esa huella sigue encendida: en los empalmes que aún funcionan, en los hogares iluminados, y en las palabras de agradecimiento de una comunidad que no olvidó."

Román se desempeñó como jefe de departamento de operación, actualmente es superintendente de Zona Tijuana.

Manuel Romero Castellanos

"El huracán Odile fue un antes y un después en la atención de huracanes en México.

En el 2014 CFE-SUTERM realizó la atención heroica tras el paso del huracán afectando el estado de Baja California Sur. Todo un equipo realizó las estrategias, acciones y soluciones para restablecer el suministro de energía eléctrica a la industria comercio y residencias "iluminando vidas" y regresando la seguridad de los habitantes y la confiabilidad al Sistema Eléctrico Nacional.

El Ingeniero Felipe Vargas es un claro ejemplo de liderazgo, profesionalismo y pasión por la CFE, estando ahí día tras día hasta el restablecimiento del 100% de la energía eléctrica."

Manuel se desempeñó como Subgerente de Distribución de la División Peninsular, actualmente labora en la División Valle de México.

Glosario

Alta tensión (AT):
Sistema de transmisión eléctrica que opera a tensiones elevadas (115 y 230 kV), utilizado para transportar electricidad a grandes distancias con menores pérdidas.

Media tensión (MT)
Sistema de distribución eléctrica que opera a tensiones medianas (13.8 y 34.5 kV), utilizado para distribuir energía eléctrica a colonias, mercados, hoteles.

Baja tensión (BT)
Sistema que proporciona servicio eléctrico al usuario final (120 y 240 V).

CFE (Comisión Federal de Electricidad):
Empresa pública del Estado mexicano encargada de generar, transmitir, distribuir y comercializar energía eléctrica en el país.

COE (Centro de Operación Estratégica):
Centro de mando temporal instalado por CFE para coordinar las acciones de restablecimiento eléctrico en eventos de emergencia o desastre.

Contingencia:
Situación extraordinaria o de emergencia que requiere atención inmediata, como la que se presentó tras el impacto del huracán Odile.

Declaratoria de emergencia:
Conjunto de principios o lineamientos operativos que guían las acciones prioritarias durante una situación crítica. Suele incluir protocolos de seguridad, comunicación y coordinación.

División (de CFE):
Regiones administrativas y operativas en las que se divide la CFE a nivel nacional. Durante Odile participaron todas las divisiones del país, algo sin precedentes.

CCC:
Personal del Centro de Continuidad y Conexiones

Grúas (tipo canasta o brazo):
Equipos móviles utilizados para la reparación o sustitución de infraestructura eléctrica aérea, como postes y transformadores.

Huracán categoría 3:
Huracán con vientos sostenidos de 178–208 km/h. Odile alcanzó esta categoría al tocar tierra en Baja California Sur.

Infraestructura crítica:
Componentes esenciales del sistema eléctrico cuya falla comprometería severamente el servicio, como subestaciones, líneas troncales o centros de control.

Maniobra:
Término operativo que se refiere a la ejecución de una acción técnica en campo, como energizar una línea, cambiar un poste, instalar un transformador, etc.

Personal de confianza:
Empleados de CFE que ocupan cargos directivos, administrativos u operativos sin pertenecer al sindicato, y que suelen encargarse de la supervisión y coordinación.

Poste:
Estructura de concreto o madera utilizada para sostener líneas eléctricas. En Odile se reportaron oficialmente más de 7,900 postes colapsados.

UCAE (Unidad de comunicaciones para la atención de emergencias)
Unidad de comunicaciones para respuesta inmediata ante desastres naturales dentro de la CFE.

Restablecimiento eléctrico:
Proceso técnico y operativo para devolver el suministro eléctrico a las zonas afectadas tras una interrupción masiva.

Suministro alterno:
Provisión temporal de energía eléctrica mediante plantas portátiles o redes alternativas mientras se repara la infraestructura dañada.

Bibliografía

- *Comisión Federal de Electricidad (CFE). Informe de actividades durante la contingencia por el huracán Odile.* Dirección de Distribución, 2014.
- Servicio Meteorológico Nacional (SMN). *Resumen del huracán Odile, temporada ciclónica 2014.* Gobierno de México, CONAGUA.
- *Diario Oficial de la Federación. Plan DN-III-E de auxilio a la población civil en casos de desastre, Secretaría de la Defensa Nacional (SEDENA).* Última versión consultada: 2014.
- *Diario Oficial de la Federación. Programa Nacional de Protección Civil,* Gobierno de México.
- *Secretaría de Gobernación (SEGOB). Declaratoria de emergencia por el huracán Odile,* septiembre 2014.
- *Gobierno del Estado de Baja California Sur. Informe de daños y acciones de recuperación tras el huracán Odile. 2014–2015.*

LA OTRA CARA DE ODILE
El huracán más destructor en la historia de la red eléctrica

de Felipe Vargas

Obra impresa mediante el sistema de impresión bajo demanda de Amazon KDP.

Made in the USA
Coppell, TX
08 December 2025